10대, 너의 미래를 응원할게

고전 읽어 주는 송재환선생님이 전하는 따뜻한 인생편지

송재환 지음 · 손민정 그림

10대,
너의 미래를
응원할게

글담출판

10대라는
불안한 터널을 건너고 있는
너희에게!

선생으로서 너희를 가르친 지도 20년이 가까이 되어 가지만, 해를 거듭할수록 매년 5월 15일이 여간 부담스러운 게 아니란다. 그동안 가르쳤던 너희가 스승의 은혜에 감사한다며 찾아와 감사 편지며 카네이션을 건넬 때마다, 쥐구멍이라도 찾고 싶은 것이 솔직한 심정이야. 제대로 가르치지 못했다는 죄책감과 정작 가르쳐야 할 중요한 것은 가르치지 못했다는 자괴감이 앞서기 때문이지. 무엇보다 너희에게 행복한 삶을 빼앗은 장본인인 듯해서 마음이 더욱 무거워지곤 해.

얼마 전 보건복지부가 전국의 18세 미만의 아이를 양육하는 4,700가구를 대상으로 '2013년 한국 아동종합실태'를 조사한 적이 있어. 그런데 OECD 국가 중에 우리나라 아이들의 삶의 만족도가 꼴찌라는 충격적인 결과가 나왔더구나. 심지어 우리나라 청소년의 삶의 만족도는 100점 만점에 60.3점에 불과했어. 우리나라보다 바로 위의 등수인 루마니아는 76.6점으로 16점이나 높았지. 삶의 만족도가 1등인 네덜란드는 무려 94.2점이었고. 이 결과를 보고 나서 너희를 가르치는 선생으로서 참으로 안타까웠단다. 한창 모든 것이 재미있고 즐거워야 할 나이에 벌써부터 자신의 삶이 만족스럽지 못하다고 생각하고 있다니, 정말 암담하고 너희에게 한없이 미안해지더구나.

삶이 즐겁지 않아서일까? 요즘 너희를 보면 유독 미래를 두려워하고 방황하는 아이가 많은 것 같아. 어쩌면 이는 자연스러운 일이지. 그러나 그 방황의 정도가 심해서 자신의 미래마저 속단하려는 모습을 볼 때면, 이 말을 꼭 해주고 싶었어.

우리나라 팀이 월드컵 결승전에 올랐다고 생각해 보렴. 그런데 어찌된 일인지 전반전 10분이 채 지나지 않았는데, 선수들이 시합을 포기한 듯 열의 없이 뛴다면 어떻게 될까? 상대팀 선수에게서 공을 빼앗을 생각도, 공격을 막을 생각도 안 한다면 말이야. 결과는 보지 않아도 참패겠지.

만일 이런 일이 실제로 벌어진다면, 팬들은 선수들에게 분노해서 난동을 피울 거야. 아마 신변의 위협을 느끼는 선수들도 있겠지. 그런데 팬들은 무엇 때문에 화를 내는 걸까? 시합에 져서? 물론 그것도 이유일 수 있어. 그러나 시합에 질 수도 있고, 승리할 수도 있다는 것을 모르는 팬은 없지. 팬들이 화가 나는 것은 선수들이 최선을 다하지 않고 포기하는 모습을 보여서야.

우리의 인생 역시 축구에 비교할 수 있지 않을까? 전반전과 후반전 각각 45분씩 총 90분을 치르는 축구에 비교하면, 너희의 나이는 이제 전반전 20분도 채 뛰지 않은 것이나 마찬가지야. 그런데 앞에서 말한 선수들처럼 이미 시합에 패한 듯 삶에 최선을 다하지 않는다면 어떻게 되겠니? 지금은 앞날이 두렵고 불안하겠지만, 너희는 이제 막 삶을 시작했을 뿐이란다. 그러므로 오늘 본 시험에 전전긍긍할 필요도, 진학 문제로 세상이 끝난 듯 우울해할 필요도 없어. 앞으로 하루하루를 어떻게 만들어 가느냐가 더 중요하거든. 방황은 하되, 지금의 모습으로 너희의 미래를 한정 짓거나 포기하는 어리석은 행동은 하지 않도록 하렴.

선생님이 가르치던 아이 중에 심한 말썽꾸러기가 있었단다. 그 아이가 선생님에게 한 말이 아직도 뇌리에 선명하게 남아 있어. 그 아이는 그야말로 모든 선생이 혀를 내두를 정도로 요란한 사춘기를 보내며 반항과 문제를 일삼았어. 어느 순간 선생님 역시 지쳐 그 아이를 내버려 두게 되더구나. 그러던 어느 날 그 아이가 다가와 "선생님, 제가 잘못했는데 왜 혼을 안 내세요? 때려서라도 가르쳐야 하는 게 선생님 아닌가요?"라며 항변을 하는 거야. 순간 뒤통수를 한 대 맞은 것처럼 멍해지고 말았지.

　아무리 반항을 일삼는 아이라도 누군가는 자신을 제대로 이끌어 주기를 간절히 바란다는 걸 그때 깨달았어. 그리고 안타깝게도 현실에서는 누구도 그 역할을 제대로 못해 주고 있다는 것을 알았지. 10대와 부모는 세상 그 누구보다도 가깝지만 먼 존재가 되었고, 선생들은 오로지 입시만을 이야기하잖아.

　입시, 성적에 가려 누구 하나 '인생은 이렇게 살아야 한다'고 가르침을 주지 못하는 시대가 되어 버린 거야. 하지만 지금이라도 그런 너희를 위해 누군가는 등불이 되어 주어야 하는 것 아닌가, 누군가는 멘토가 되어 주어야 하는 것 아닌가, 누군가는 어떻게 살아가야 하는지 삶의 방향을 제시해 주어야 하는 것 아닌가 하는 생각을 하게 되었어. 시험에는 나오지 않는 삶의 지혜들이 너희를 지금보다 더 행복하고 멋진 미래로 인도해 줄 거라고 믿거든.

　그래서 이 책에 '꿈을 찾고자 할 때 가장 먼저 신경 써야 할 것이 무엇인지, 좋은 친구는 어떻게 만날 수 있는지, 남들과 생각이 다를 때 어떻게 행동해야 하는지' 등등 10대인 너희 삶에 필요한 태도와 지혜를 담았어. 이것들이 '어떻게 살아가야 하는가?'를 고민하는 너희에게 실낱같은 답을 제공해 줄 수 있기를 간절히 바라. 훗날 '지금 알고 있는 것을 그때도 알았더라면……'과 같은 후회를 하지 않도록 이 책이 도움이 되기를 선생님은 누구보다 바란단다.

이를 위해 『논어』, 『맹자』, 『명심보감』, 『채근담』과 같은 고전에서 지혜를 빌려 왔어. 고전은 고리타분하며 오래된 지식이라고 생각할지도 모르겠구나. 그런데 고전의 한 구절, 한 구절이 말해 주는 인생의 통찰력과 지혜는 말로 다 표현하기 어렵단다. 평생을 고민해도 한두 가지도 얻기 힘든 깨달음들이 고전에는 가득 담겨 있어 마치 보물창고와도 같거든. 이 책을 읽어 가면서 그 보물들을 만나 보렴. 그리고 그 보물을 너의 인생의 보물로 삼으렴. 누구보다도 지혜롭고 후회 없는 인생을 살 수 있을 거야.

차례

**첫 번째
편지**

'공부, 공부' 매일 똑같은 하루라는 너희에게

**두 번째
편지**

성적이 배움의 목적이 되어 버린 너희에게

세 번째
편지

친구 관계로 고민하는 너희에게

네 번째
편지

돈이 많아야 행복하다 믿는 너희에게

다섯 번째
편지

사랑이 궁금한 너희에게

여섯 번째
편지

너희가 놓치고 있는 중요한 것들

일곱 번째
편지

너희에게 큰 힘이 되어 줄 지혜

"나는 열다섯 살에 학문에 뜻을 두었고
서른 살에 세계관을 확립하였으며, 마흔 살에는 미혹됨이 없게 되었고
쉰 살에는 하늘의 뜻을 알게 되었으며,
예순 살에는 무슨 일이든 듣는 대로 순조롭게 이해했고,
일흔 살에는 마음 가는 대로 따라 해도 법도에 어긋나지 않았다."

− 『논어』위정(爲政)

첫 번째
편지

'공부, 공부'
매일 똑같은 하루라는
너희에게

10대, 성적이 아닌
진짜 해야 할 고민

 사랑하는 애들아!

"오늘 하루, 어땠니? 행복했니?"

이런 질문을 하면 너희는 뭐라고 답을 할까?

"뭐 항상 똑같죠. 새삼스럽게 그런 걸 묻고 그래요."

이런 대답을 하진 않을까? 선생님은 너희를 볼 때마다 학교-학원-집
을 오가며 다람쥐 쳇바퀴 돌 듯 하루하루 반복적인 삶을 사는 것만 같아
참으로 안쓰럽단다. 늦은 밤 길을 가다, 학원에서 돌아오는 듯한 너희와
마주칠 때면 만감이 교차하곤 해. 이런 너희에게 오늘 어떤 하루를 보냈
는지, 행복하긴 했는지 물어보는 것조차 참으로 어리석고 어렵게 느껴지
는구나.

애들아, 하루하루 잘 견뎌내 줘서 정말 고맙다. 물론 지금의 현실이 최선이라고는 할 수 없지만, 오늘 하루도 힘을 내어 책을 펼치고 선생님의 이야기에 귀를 기울여 주는 너희가 정말 대견해.

그런 너희에게 어떻게 하면 조금이나마 힘이 되어 줄 수 있을까? 어떻게 하면 조금이라도 배우는 게 즐거워지고, 어제가 오늘 같고 내일이 오늘 같은 삶을 변화시켜 줄 수 있을까?

문득 선생님 제자 중에 바이올린을 켜던 수경(이 책에 나오는 학생의 이름은 가명을 사용했다.-편집자주)이란 여자아이가 떠오르는구나. 수경이는 바이올린 실력이 아주 뛰어난데다 공부도 반에서 1등을 할 만큼 잘하는 아이였어. 그런데 피아니스트였던 수경이의 엄마는 수경이가 음악보다는 공부 쪽으로 나가길 원했단다. 같은 분야에 몸을 담고 있는 선배로서 그 길이 얼마나 힘든지 잘 알고 있었거든. 그래서 나에게 수경이를 설득시켜 달라고 부탁을 하더구나. 선생님 말씀은 잘 들을 거라면서 말이야. 나는 그 엄마의 간곡한 부탁을 뿌리치지 못하고 수경이에게 말했지.

"수경아, 너는 바이올린도 잘하고 공부도 잘하는데, 공부 쪽으로 가면 어때? 넌 공부 쪽으로 가도 성공할 것 같은데."

내 말에 수경이는 이렇게 대답했어.

"선생님, 제가 왜 공부를 이렇게 열심히 하는지 아세요? 저는 유명한 바이올리니스트가 되는 게 꿈이에요. 바이올리니스트가 되어 카네기홀에서 공연을 하고 싶어요. 그렇게 하기 위해서는 유학을 가야 하잖아요.

그래서 열심히 공부하는 거예요."

순간 할 말을 잃고 멈칫한 내게 수경이가 이렇게 덧붙이더구나.

"저는요, 바이올린 켤 때가 가장 행복해요."

그 말에 선생님은 뭔가 뒤통수를 한 대 얻어맞은 느낌이 들었단다. 결국 원래 의도와 달리 이렇게 말할 수밖에 없었어.

"그래, 너는 아주 훌륭한 바이올리니스트가 될 수 있을 거야."

그러고 나서 몇 년이 지나고 수경이가 찾아왔더구나. 예술고등학교에 합격했다면서 말이야. 사실 수경이는 수많은 콩쿠르에 나가 수상한 이력이 있음에도 예술중학교에 들어가지 못했거든. 그러나 일반 중학교에 진학하고 나서도 포기하지 않고 연습한 끝에 결국 원하던 예고에 들어간 거야.

"선생님, 저는 그때 예술중학교에 떨어진 것이 오히려 다행이라고 생각해요."

내가 의아해하며 왜 그렇게 생각하느냐고 물었지.

"제가 만일 예술중학교에 갔다면 바이올린 실력은 그냥 그랬을 거예요. 열심히 연습하지 않았을 테니까요. 하지만 저는 예술중학교 아이들보다 더 뛰어나야 예술고등학교에 합격할 수 있다는 생각 때문에 손가락에서 피가 날 정도로 열심히 했어요."

수경이는 고등학교에 들어가서도 바이올린과 공부를 열심히 병행했고, 결국 우리나라 최고의 대학 음악과에 들어가 현재 공부하고 있단다.

나는 수경이를 통해 너희에게 꿈이 얼마나 중요한지, 아울러 꿈이 어떻게 이루어지는지 분명히 알게 됐어. 정말 소중한 만남이었지.

선생님은 아이들과 날마다 고전을 읽고 있단다. 그중에 하나가 『논어』야. 아마 워낙 유명한 책이어서 모르는 친구가 없을 거야. 책에 대해 짧게 설명하면, 공자와 그의 제자들이 세상 사는 이치와 교육, 문화, 정치 등에 관해 대화한 내용을 모아 놓은 책이란다. 동양고전 가운데 가장 많은 사람이 읽은 책으로, 이에 관한 책의 종류만 해도 3천 권이 넘는다고 해. 심지어 "동양 철학은 『논어』의 주석에 불과하다."라는 말이 있을 만큼 동양 철학과 사상의 원류라 할 수 있지. 그런 의미에서 보면 심각한 내용만 담겨 있을 것 같지만, 공자의 실수나 농담까지 실려 있어 재미있게 읽을 수 있어.

동양 사상이나 역사, 철학, 정치 등에 조금이라도 관심 있다면 이 책을 꼭 한번 읽어 보렴. 중국 송나라 때 조보라는 사람은 배우지 못했음에도 평생 『논어』만을 읽어 재상의 자리에서 승상이라는 벼슬에까지 올랐단다. 삼성을 세운 이병철 회장이 아들 이건희에게 회사를 물려주면서 "이 책에 답이 다 들어 있으니, 회사가 어려울 때마다 이 책을 읽어 보라"고 건넨 책 역시 『논어』였다고 해. 아마 한번 읽어 보면 왜 그렇게 많은 사람이 2000년이 넘도록 사랑과 관심을 가졌는지 알게 될 거야.

거기에 나오는 구절 중 이런 말이 있단다.

"사람이 멀리 내다보며 깊이 생각하지 않으면, 반드시 가까운 근심이 있게 된다." -『논어』위령공(衛靈公)

멀리 내다보고 깊이 생각한다는 것은 구체적인 미래를 그리며 나아간다는 의미가 아닐까 생각해. 즉 뚜렷한 목표, '꿈'이 없는 사람은 일상의 소소한 근심을 해결하는 데만 급급하다는 뜻이야. 방향이 없다 보니 오늘 있을 쪽지 시험이나 안 해온 숙제처럼 눈앞에 놓인 일들로 허덕이게 되는 거지.

공부, 공부, 공부. 날마다 똑같은 하루에 지쳐 있다면, 너희만의 꿈을 찾는 게 우선순위가 아닐까 싶다. 때때로 눈빛부터 남다른 아이들을 본단다. 그 아이들은 자신이 가야 할 길을 뚜렷이 알고 있는 것처럼 흔들림 없고, 불평과 불만보다는 긍정적이며 매사에 감사하는 모습을 보이지.

꿈이 있으면 실패를 해도 다시 일어날 수 있단다. 꿈이 없는 사람은 작은 실패에도 그냥 주저앉고 말아. 하지만 꿈이 있는 사람은 설령 실패한다 하더라도 다시 일어나서 목표를 향해 나아갈 준비를 하지. 왜냐하면 꿈은 사람의 심장을 뛰게 하는 힘이 있기 때문이야. 그리고 꿈은 현실을 통제하는 능력이 있거든.

얘들아, 꿈을 가져라. 원대한 꿈을 가져라. 너희 때만큼 꿈꾸기 좋은 나이는 없단다. 너희가 어떠한 꿈을 갖든 그 꿈을 위해 하루하루를 성실히 만들어 나간다면 그 꿈은 반드시 현실로 이루어질 거야.

꿈을 가진 사람만이 진정한 자유인으로 인생을 살아갈 수 있단다. 철학자 플라톤은 노예와 자유인의 구분을 이렇게 했어.

"노예는 남의 꿈을 이루어 주는 사람이지만 자유인은 자신의 꿈을 이루는 사람이다."

물론 예전처럼 신분 제도는 없지만, 여전히 지금도 노예와 자유인이 있다고 생각해. 자신의 꿈을 이루기 위해 열심히 달려가는 사람은 자유인이라 할 수 있지. 하지만 남의 꿈을 이루어 주기 위해 살아가는 사람은 안타깝지만 노예라고 할 수 있어. 선생님은 너희가 진정한 꿈을 가진 자유인으로 살아가길 바란단다.

"나는 열다섯 살에 학문에 뜻을 두었고 서른 살에 세계관을 확립하였으며, 마흔 살에는 미혹됨이 없게 되었고 쉰 살에는 하늘의 뜻을 알게 되었으며, 예순 살에는 무슨 일이든 듣는 대로 순조롭게 이해했고, 일흔 살에는 마음 가는 대로 따라 해도 법도에 어긋나지 않았다." ―『논어』 위정(爲政)

공자가 15세에 뜻을 세웠다고 하여서 지금도 15세를 '뜻을 세우는 나이'라고 하여 입지立志라고 해. 공자는 너희만 한 나이에 자기 삶의 방향을 정하고 이를 위해 평생 노력을 했단다. 새삼 공자가 더욱 대단하게 느껴지지 않니?

학업 고민, 친구 고민 등

여러 가지 삶의 무게와 스트레스로 버겁겠지만,

10대에 가장 중요한 고민 1순위는

'나는 어떤 인생을 살아갈 것인가?'와 같은

꿈에 대한 고민이 아닐까?

학업 고민, 친구 고민 등 여러 가지 삶의 무게와 스트레스로 버겁겠지만, 너희 나이에 가장 중요한 고민 1순위는 '나는 어떤 인생을 살아갈 것인가?'와 같은 꿈에 대한 고민이 아닐까 생각한다.

꿈이 너희의 삶을 인도해 줄 거란다. 꼭 기억하렴. 꿈은 너희를 훨씬 더 풍성하고 행복한 삶의 주인공으로 만들어 줄 거라는 걸 말이다.

꿈을 찾는
방법

사랑하는 애들아!

너희가 진짜 고민해야 할 것은 성적이 아니라 꿈이라고 말한 거, 기억하고 있지? 선생님이 너희를 가르치다 보면, 꿈이 있는 아이들과 꿈이 없는 아이들은 태도부터 다르다는 것을 절감하곤 한단다.

외교관이나 법조인이 되고 싶다며 열심히 공부하던 경희라는 여자아이도 그중 한 명이야. 돈이나 명예 때문이 아니라 다른 사람을 도와주고 싶은 마음에 갖게 된 꿈이었지. 경희는 자기의 꿈을 이루기 위해 정말 열심히 공부하더구나. 여느 사춘기 아이들처럼 친구들에게 휩쓸리지도 않고 뚝심 있게 공부하더니, 결국 서울대 법대에 진학을 하여 지금은 서울대 로스쿨에 다니고 있단다.

꿈을 가지라는 선생님의 권유에 "누구는 꿈을 갖기 싫어서 안 갖나요?"와 같은 말로 항변할지도 모르겠다. 마치 내일은 없다는 듯이 방황하는 친구들도 같이 이야기를 나눠 보면 저마다 마음 깊은 곳에서는 자신의 앞날을 걱정하고 꿈을 꾸고 싶어 하더구나. 정말 멋지고 가치 있는 삶을 살기를 간절히 원하지. 너희도 그럴 거야. 어느 누구보다 그런 삶을 살고 싶을 거야. 그렇다면 어떻게 해야 꿈을 찾고 그런 삶을 살 수 있을까? 이에 대해 이야기해 보려 한다.

가장 먼저 살펴야 할 것

애늘아, 꿈을 가질 때 가장 먼저 살펴야 할 것은 너희의 재능이란다. 꿈은 그 자체로 대단히 중요하고 성장의 원동력이 되어 주지만, 재능이 동반되지 않은 꿈은 발전에 한계가 있거든. 자신의 재능과 관련이 없는 꿈은 이루기도 어려울뿐더러 꿈을 이룬다 해도 남보다 탁월해지기 어려운 것도 이 때문이야.

자연스럽게 관심이 가고 조금만 노력해도 남보다 잘할 수 있는 것이 있다면, 처음 접하는 것인데도 왠지 좋고 잘할 수 있을 것 같은 느낌이 든다면 그것이 바로 네가 가진 재능이란다. 그리고 그런 분야의 일은 노력해서 잘하는 것이 아니라 마치 몸이 이미 잘하는 방법을 알고 있는 듯

한 착각이 들기도 해.

이렇게 말하면 내가 좋아하는 것과 잘하는 것이 다를 때에는 어떻게 해야 하느냐는 의문이 들 거야.

"무언가를 안다는 것은 그것을 좋아하는 것만 못하고, 좋아하는 것은 즐기는 것만 못하다." -『논어』 옹야(雍也)

일찍이 공자는 이런 말을 했단다. 아는 것보다 좋아하고 즐기는 것이 중요하다는 뜻이지. 그런데 선생님은 어떤 일을 좋아하고 즐기려면 그 분야에 타고난 재능이 있어야 한다고 생각해. 물론 잘하지 못해도 즐길 수도 있고 좋아할 수도 있어. 하지만 그것을 발전시키기에는 한계가 있단다. 무엇이 옳고, 무엇이 그르다고 단정할 수는 없지만, 너희의 삶의 방향이 되어 줄 꿈을 찾고자 한다면 가능성이 더 많은 것을 선택하라고 권하고 싶은 게 선생님의 마음이야.

"저는 잘하는 게 없어요."

"끝내 재능을 발견하지 못하면 어떡하죠?"

이런 걱정은 하지 않아도 돼. 조급하게 생각할 필요도 없어. 자신의 재능을 일찍 발견하는 사람이 있는가 하면, 아주 늦은 나이에 발견하는 사람도 많거든. 마치 개나리처럼 이른 봄에 피는 꽃이 있는가 하면, 싸리꽃처럼 여름에 피는 꽃도 있고, 구절초처럼 가을에 피는 꽃도 있는 것과 같은 이치야.

선생님 역시 재능을 아주 늦게 발견했어. 중·고등학교 때까지 반장한 번 못해 봤던 선생님은 군대에 가서 수요일 오후면 200명 가까운 병사들을 교육해야 했어. 사실 많은 사람 앞에서 말해 본 경험이 별로 없었기 때문에 처음에는 무척 떨렸지. 그런데 하면 할수록 재미있어지는 거야. 그리고 신기하게도 다른 사람이 교육을 할 때는 병사들이 졸기 일쑤였는데, 선생님이 할 때는 졸지 않고 아주 경청을 잘해 주어 보람과 쾌감을 느낄 수 있었어. 그제야 선생님은 자신에게 다른 사람 앞에서 이야기를 잘하는 재능이 있다는 것을 알게 되었단다.

선생님의 또 다른 재능은 마흔 살이 다 되어서야 알게 되었어. 글을 쓰는 것을 어려워하는 친구들이 참 많지? 어른들 중에서도 글쓰기를 힘들어하는 사람들이 아주 많단다. 우리나라 성인들 중 90퍼센트 이상이 글을 쓰는 것을 고통스러워한다고 해.

그런데 선생님은 아주 우연한 기회에 책을 쓰게 되었고, 지금까지 14권의 책을 집필했단다. 글쓰기가 힘들고 고통스러웠다면 꿈도 못 꾸었을 거야. 그중에서 6권은 외국에서 번역 출간까지 하게 되었으니, 나름 성공적인 작가의 인생을 살아가고 있다고 할 수 있지 않을까?

선생님 자랑 같아서 참으로 민망하긴 하지만, 이런 말을 하는 것은 이처럼 사람마다 재능이 발견되는 시기는 다를 수 있다는 것을 전하고 싶어서란다.

선생님은 20대 중반과 마흔이라는 나이에 재능을 발견했지만, 이 재능을 활용해서 오늘도 힘차게 살아가고 있단다. 그러니 너희도 재능을 발견하지 못했다고 조급해할 필요는 없어. 너희 안에 엄청난 재능이 보물처럼 숨겨져 있다는 사실을 굳게 믿으렴. 하나님이 사람을 세상에 보낼 때 스무 가지 이상의 재능을 주어서 보낸다고 해. 그중에서 한두 가지 재능만이라도 발견하여 다듬고 잘 활용할 수 있다면, 성공적이고 행복한 인생을 살 수 있을 거야.

큰일에 앞서 시련은 필수적이다

꿈! 그토록 원하던 꿈을 찾았다면 그걸로 끝나는 걸까? 당연히 끝이 아니라 시작이라는 걸 말하지 않아도 이미 알고 있을 거야.

사실 꿈은 찾는 것도 중요하지만, 이를 이루기 위한 과정이 더욱 중요해. 더욱이 꿈을 이루는 과정에는 반드시 실패와 고난이 따르는 법이지. 아무리 뛰어난 재능을 갖고 있을지라도, 이를 갈고 닦지 않는다면 재능을 꽃피울 수 없단다. 너희가 알고 있는 성공한 사람들을 떠올려 보렴. 저마다 엄청난 좌절과 실패를 겪고 일어선 사람들이란 걸 알 수 있을 거야.

혹시 리처드 바크가 지은 『갈매기의 꿈』이란 책을 읽어 본 적이 있니?

비록 읽어 보진 못했어도 "높이 나는 새가 멀리 본다."라는 말은 들어 봤을 거야. 이 책에 나오는 가장 유명한 글귀란다. 이 책은 조나단 리빙스턴이라는 갈매기를 주인공으로 한 우화 소설이야. 조나단 리빙스턴은 단지 먹이를 구하기 위해 하늘을 나는 다른 갈매기와 달리 더 높이, 더 멀리 날고 싶다는 꿈을 가졌어. 그리고 이를 실현하고자 끊임없이 노력해. 이러한 모습을 통해 독자들에게 진정한 자유와 자아실현에 대해 이야기해 주고 있어. 꿈을 좇아 자신의 한계를 뛰어넘는 삶의 자세를 일깨워 주고 있단다. 꼭 한번 읽어 보기를 바라. 너희 꿈을 이루는 데 좋은 멘토가 되어 줄 거야.

사실 이 책은 1970년에 출간되기까지 무려 열여덟 군데의 출판사들로부터 거절을 당했다고 해. 『갈매기의 꿈』 출간 과정 자체가 이 책의 주인공인 조나단 리빙스턴처럼 현실로부터 철저히 외면을 받고 실패를 거듭한 거지. 그러나 우여곡절 끝에 출간된 이후 지금까지 전 세계적으로 수천만 권이 팔리며 독자들의 사랑을 받았고, 이제는 고전의 반열에 오른 명작이 되었단다.

실패는 너희를 더 큰 사람으로 만들려고 하는 하늘의 계획임을 꼭 기억하렴.

"세상 사람들은 자신의 뜻대로 일이 이루어지는 것을 즐겁다고 여겨서, 즐거움만 쫓다가 도리어 괴로운 상황에 빠져들게 된다. 사물의 이치에

통달한 사람은 마음에 어긋나는 일(실패)에서도 즐거움을 찾으니, 마침내
는 괴로움이 즐거움으로 바뀌게 된다." -『채근담』

'무엇을 위한
꿈'인가

사랑하는 얘들아!

혹시 이런 말을 들어 본 적 있니?

"Boys, be Ambitious(소년이여, 야망을 가져라.)."

아마 워낙 유명한 구절이기에 한두 번쯤은 들어 봤을 거야. 그런데 사실 이 구절은 원래 "Boys, be Ambitious for Christ(소년이여, 그리스도를 위하여 야망을 가져라.)."라는 거 알고 있니?

이 말을 처음 한 사람은 윌리엄 클라크 박사야. 미국 매사추세츠 농과대학장이었던 그는 일본 정부의 특별 초청으로 농업학교를 만들기 위해 삿포로 농학교(현 홋카이도 대학)에 총장으로 가게 되었단다. 독실한 크리스천이었던 그는 당시 마흔 권의 『성경』을 가지고 일본에 들어갔어. 그런데 세관에서 이를 가로막는 거야. 클라크 박사는 "그렇다면 나는 미국으로 돌아갈 수밖에 없다."고 말하며 자신의 뜻을 굽히지 않고 강경한 태도를 보였지. 당황한 세관원은 이를 상부에 보고했고, 이에 상부로부터 특별 초청한 귀한 손님이니 통관시키라는 특별 지시가 내려왔어.

결국 마흔 권의『성경』을 가지고 삿포로 농학교 총장으로 부임한 클라크 박사는 깊은 신앙심에서 우러나온 애정으로 청년들을 지도하다 9개월 만에 미국으로 돌아가게 돼. 그리고 미국으로 돌아가는 자리에서 사랑하는 젊은이들에게 고별인사로 남긴 마지막 말이 바로 우리가 알고 있는 이 말이란다.

"Boys, be Ambitious for Christ."

그런데 일본에서는 'for Christ'라는 문구가 빠져 널리 알려지게 되었다고 해. 신도神道가 국교나 다름없는 나라이니, 'for Christ'라는 문구를 빼버리는 게 좋았겠지. 그러나 영어 문법적으로 볼 때 'for Christ'라는 문구가 있어야 좀 더 자연스럽다는 것을 쉽게 알 수 있을 거야.

선생님이 여기서 말하고 싶은 것은 'for Christ'라는 문구가 들어갔느냐 빠졌느냐가 아니란다. 다만 너희가 무슨 꿈을 꾸는지도 중요하지만, 무엇을 위한 꿈인지도 중요하다는 사실을 강조하고 싶은 거야.

앞에서 언급했던『갈매기의 꿈』이란 책에 보면 조나단은 남들과 다른 행동으로 갈매기 무리에서 쫓겨난 후 '치앙'이라는 훌륭한 스승을 만나게 돼. 스승 덕분에 조나단은 누구보다 더 높고 빠르게 날 수 있는 갈매기가 되지. 하지만 스승인 치앙은 조나단이 그저 남보다 더 높고 빠르게 나는 것 정도의 꿈에 만족하기를 원하지 않았어. 그래서 조나단에게 이런 말을 해준단다.

"사랑에 대해 계속 배워 나가라!"

치앙은 이 한마디를 남기고 빛이 되어 사라져. 높이 날고 빠르게 나는 것도 중요하지만, 정작 이런 것들보다 더 중요한 것은 사랑임을 깨달은 조나단은 자신을 추방했던 갈매기 사회로 돌아가게 되지. 치앙의 가르침이 아니었다면 자신을 내쫓은 갈매기 무리에 대한 증오와 미움으로 가득하여 사랑의 마음을 가지고 돌아갈 수 없었을 거야. 선생님은 치앙의 마지막 말에 깊은 감동을 받았단다. 우리에게 던지는 메시지 같거든. 우리의 꿈이 남보다 더 잘 살고, 더 많이 갖고, 더 높이 올라가는 것에 머물러서는 안 된다고 생각해. 나뿐만이 아니라 남에게도 그 꿈을 확장시킬 수 있어야 하는 거지.

많은 사람이 저마다의 꿈을 꿔. 그 꿈들이 무엇을 위한 꿈이냐에 따라 매우 이기적인 꿈이 될 수도 있고, 반대로 본인뿐만 아니라 남을 이롭게 하는 꿈이 될 수도 있어. 클라크 박사의 "Boys, be Ambitious."라는 구절이 위대할 수 있는 이유는, 뒤에 'for Christ'라는 구절이 붙었기 때문이야. 만일 'for Christ'라는 말 대신에 'for me'라는 구절이 붙었다면 어땠을까?

"Boys, be Ambitious for me(소년이여, 나를 위하여 야망을 가져라.)."

이런 구절이었다면 아무에게도 감동을 주지 못했을 거야. 부디 너만을 위한 꿈이 아니라, 너의 꿈을 통해 다른 사람들에게 유익을 끼칠 수 있는 그런 꿈을 꾸길 바란다.

꿈에도 등급이 있다

꿈은 직업과도 연관이 있단다. 너희가 직업을 선택하고자 할 때 무엇을 기준으로 삼아야 할까? 많은 수입? 안정성? 명예? 물론 이것들도 대단히 중요해. 그러나 앞에서 말했지만, 이와 함께 그 직업을 통해 남에게 유익을 끼칠 수 있는지도 반드시 따져 보아야 한다고 선생님은 생각해.

> "화살을 만드는 사람이라고 어찌 갑옷을 만드는 사람보다 어질지 않겠는가? 그러나 화살을 만드는 사람은 오직 사람을 해치지 못할까 걱정하고, 갑옷을 만드는 사람은 오직 사람을 해칠까 걱정한다. 무당과 관을 짜는 목수의 경우도 역시 그러하다. 그렇기 때문에 직업의 선택은 신중하지 않을 수 없다." - 『맹자』 공손추(公孫丑) 上

맹자의 이 말은 지금 이 시대에도 꼭 곱씹어 봐야 한다고 생각해. 이 구절을 풀이하면 무당은 병이 낫지 않으면 어쩌나 염려하고, 관을 짜는 목수는 병든 사람이 나아서 관이 팔리지 않으면 어쩌나 염려한다는 뜻이야. 옛날에 무당은 병든 사람을 치유하는 일도 했거든. 이를 통해 맹자는 화살 만드는 사람보다는 갑옷 만드는 사람이 되라고 우리에게 가르침을 주고 있어. 즉 직업의 사회적 역할에 따라 직업에도 귀천이 있음을 일깨워 주는 구절이라고 할 수 있단다.

너희는 어떠니? 화살을 만드는 사람이 갑옷을 만드는 사람보다 수입이 좋다면, 고민할 것도 없이 화살을 만드는 사람이 되고 싶다고 생각하지 않을까? 이 말이 다른 사람을 위해 봉사하고 희생하는 직업만이 의미가 있다는 뜻은 아니란다. 의사가 사람의 생명을 살리기보다 돈을 버는 것에 더 의의를 둔다면, 그 병원에 안심하고 다닐 수 있는 사람은 없을 거야. 그런 것처럼 직업을 선택하고 이를 꿈꿀 때는 자신보다 남을 먼저 생각하는 자세를 가져야 한다는 뜻이야. 그리고 그렇게 했을 때 하늘도 너희에게 위대한 일을 맡긴다고 해. 사서삼경四書三經 중 하나로서 유교 사상뿐 아니라 동양 사상을 이해하는 데 매우 중요한 책인『중용』에서는 다음과 같이 말하고 있단다.

"위대한 덕을 지닌 사람은 반드시 천명을 받는다." -『중용』제17장
(第十七章)

남을 위한 꿈을 꾸는 사람이야말로 여기서 말하는 위대한 덕을 지닌

사람이지 않을까. 이런 사람들에게 하늘은 큰 소명, 즉 '천명天命'을 내린다고 해.

너희는 어떤 꿈을 꾸고 싶니? 그 꿈은 무엇을 위한 것이니?

선생님은 너희가 꿈을 꾸는 사람이길, 그리고 그 꿈이 너희의 개인적인 욕심을 성취하는 목적에서 그치지 않기를 바란다. 꿈을 좇는 너희 모습이 너무나 선하고 빛나 주변 친구들에게까지 긍정적인 영향을 미칠 수 있다면 그보다 더 좋은 일은 없을 것 같구나.

심장을 뛰게 만드는 꿈을 가지는 순간, 너희의 인생은 달라지기 시작할 거야. 누가 깨우지 않더라도 스스로 일어나고 그동안 괴롭기만 했던 공부도 즐거워질 거야. 무엇보다 너희의 꿈으로 더 많은 사람을 행복하게 만들 수도 있단다. 무엇을 위한 꿈이냐에 따라 너희의 꿈은 더욱더 가치가 있어질 거야. 선생님은 우리가 세상에 태어난 이유가 여기에 있지 않을까 생각해. 나도 행복하고 다른 사람도 행복해질 수 있는 꿈을 찾고 이를 이루기 위해서가 아닐까 하고 말이지. 그리고 그런 꿈이야말로 하늘이 우리에게 준 선물이지 않을까?

꿈을 이루기 전에는
반드시 고난이 따른다

사랑하는 애들아!

지금까지 꿈에 관해 이야기를 해왔지만, 꿈이 없다고 해서 조급해할
필요는 없단다. 선생님의 이야기를 들으며 너희가 꿈에 대해 다시 한 번
생각해 볼 수 있었다면, 그것만으로도 충분해.

무엇보다 현실적으로 자신의 진정한 꿈을 발견하는 사람은 그렇게 많
지 않아. 주변을 둘러보렴. "앞으로 무엇을 하면 좋을지 모르겠어요."
"이게 내 길이라는 것을 어떻게 확신할 수 있지요?" 등등 고민하는 어른
이 많단다. 게다가 꿈을 찾는 것보다 어려운 것은 그것을 이루는 거야.
어렵게 꿈을 발견하더라도 그냥 이루어지는 법이 없단다. 수없는 실패와
좌절이 따르게 돼. 꿈이 가져다주는 열매는 달콤하지만, 그 열매가 맺히

기까지는 끝없는 수고와 고난이 동반된다는 사실을 반드시 기억하렴.

소설 『삼국지』를 아니? 유비와 조조, 손권, 제갈량 등 각 영웅들의 천하통일을 향한 꿈을 다룬 역사 소설이야. 서로 다른 매력을 가진 인물들 중에서 그동안 폭군의 이미지로 상대적으로 덜 주목받았던 조조 이야기를 해볼까 해. 일반적인 이미지와 달리 굉장히 근대적이고 진취적이며 시문에 뛰어났던 조조는 후한 말기 환관(내시)의 양자로서, 당시 기준으로 굉장히 미천한 집안 출신이었어. 그러나 어릴 때부터 『손자병법』을 읽으며 깨우친 군사 지식으로 황건적의 난에서 공을 세우고, 전투의 승리를 거듭하여 후한 말기 핵심 세력으로 부상하게 되지. 후에 위나라를 세우고 나서는 민생에 신경 써 수로를 만들고 제도를 개편하는 등 농민들의 고충을 해결해 주고자 애썼어. 그 결과 당시 위, 촉, 오, 주요 세 나라 중에서 가장 막강한 군대와 많은 인구를 가질 수 있었단다.

하지만 조조에게는 깊은 고민이 있었어. 천하통일이 꿈이었던 그에게 촉나라와 오나라는 넘기 힘든 장벽과 같았지. 언제나 남중국으로 군대를 이끌고 갔지만 번번이 실패했거든. 영화 〈적벽대전〉을 아니? 촉나라(유비), 오나라(손권)가 동맹하여 결성된 10만 대군이 위나라(조조)의 100만 대군을 물리쳤다는 중국 역사상 가장 유명한 전투를 다루고 있는 영화야. 이 전투에서 조조는 그야말로 대패한 후 겨우겨우 살아남은 패잔병들과 장수들에게 이렇게 말했다고 해.

"이 세상에 백전백승하는 장수는 없다. 패하더라도 굴하지 않는 자가

꿈을 이루는 과정에서 수반되는 시련과 실패는
중간에 주저앉고 싶게 만들지만,
이는 꿈을 더 크게 이루어 낼 수 있도록
너희의 심신을 단련시키는 역할을 한다.

결국 승리하는 법이다. 실패는 좋은 일이다. 실패가 어떻게 성공하느냐를, 어떻게 승리할 것이냐를, 어떻게 천하를 차지할 것이냐를 가르쳐 줄테니까."

이처럼 엄청난 패배에도 낙담하지 않고 오히려 이 속에서 해답을 찾으려고 했던 조조였기에 중국 천하통일의 꿈을 가장 가깝게 이뤄 낸 사람으로서 평가받게 된 것은 아닐까. 그는 북중국을 통일하고 민생 안정에 가장 많은 신경을 썼던 난세의 영웅으로서 평가받고 있어.

만약 조조가 자신의 출신을 한탄하고, 전쟁의 패배 때마다 난 역시 안된다고 생각하고 포기를 했다면 강력한 강대국을 세울 수도 북중국을 통일할 수도 없었을 거야.

꿈을 이루는 과정에서 수반되는 시련과 실패는 중간에 주저앉고 싶게 만들지만, 이는 꿈을 더 크게 이루어 낼 수 있노록 너희의 심신을 단련시키는 역할을 한단다. 그러니 도전하여 포기하지 않길 바란다.

'맹모삼천지교'로 너희도 잘 알고 있는 맹자는 공자의 직접적인 가르침을 받진 않았지만, 공자의 사상을 이어 발전시킨 유학자야. 그가 쓴 책 『맹자』는 맹자가 정계를 은퇴한 후 말년에 지은 것으로 알려져 있는데, 총 7편으로 구성되어 있단다. 기본적으로 정치 사상서인데, 맹자는 여기서 그 유명한 '왕도정치(王道政治, 군주를 포함한 지배계층의 도덕적 각성을 바탕으로 백성의 경제적 복지를 보장하고, 도덕적 교화를 실행하는 복지국가와 도덕국가를 목표로 하는 정치 형태)'를 주장했단다. 군주가 왕도정치를 실행하지 않고 백성에게 고통을 준다면 설령 군주라 할지라도 교체할 수 있다는, 당시로서는 대단히 파격적이고 급진적인 정치 사상이었지. 만일 너희 중에 정치인이나 리더가 되고 싶은 사람이 있다면 이 책을 꼭 한번 읽어 보기를 바란다.

이 책에는 좋은 구절이 많이 있지만, 그중에서도 꿈과 관련하여 너희에게 전해 주고 싶은 구절이 있어.

"하늘이 사람에게 큰일을 내려 주려고 할 때, 반드시 먼저 그의 마음과 뜻을 괴롭게 하고, 그의 육체를 고달프게 하며, 그의 몸을 굶주리고 궁핍하게 하며, 그가 하고자 하는 일이 어긋나게 한다. 하늘이 이렇게 하는 것은 그의 마음을 분발시키고 그의 성격을 참을성 있게 해주어, 그가 할 수 없었던 일을 더 많이 할 수 있도록 하기 위함이다." -『맹자』 고자(告子) 下

힘들 때마다 이 구절을 곰곰이 되새기면 다시 힘을 얻을 수 있을 거야. 꿈을 향해 나아가는 동안 어떤 좌절과 실패를 겪을지 알 수 없어. 그때마다 맹자의 권면처럼 '하늘이 나에게 큰 소임을 맡기려고 이렇게 큰 고통을 허락하는 것이다'라고 생각하며 스스로 위로할 수 있었으면 좋겠구나. 그러다 보면 실패가 더 이상 괴롭지 않고 고맙게 느껴지게 될 거야.

선생님도 되돌아 생각해 보면 실패 속에서 많은 것들을 배워 왔더구나. 아직 삶의 경험이 적은 너희에게는 이해가 잘 되지 않을지도 모르겠다. 동양의 탈무드라 불리는 『채근담』이라는 책을 보면 선생님의 이런 고백을 뒷받침해 주는 구절이 나온단다.

"일이 뜻대로 되지 않는 불우한 처지에서는 주위의 모든 것이 나를 단련시키는 좋은 침과 약이 되어 저도 모르는 사이에 지조와 품행이 닦여진다. 일이 뜻대로 순조롭게 될 때에는 눈앞의 모든 것이 나를 해치는 흉기가 되어 저도 모르는 사이에 육체와 정신을 썩어 문드러지게 한다." -『채근담』

항상 이 말을 기억하여 일이 뜻대로 되지 않을 때에도 쉽게 포기하지 않길 바란다. 이 모든 것이 너희를 단련시키는 좋은 약이 될 것이라 생각하며 스스로 위로할 수 있기를 희망한다. 이를 위해서는 실패를 보는 관점을 바꿀 수 있어야 하지.

"실패는 성공의 어머니"라는 말로 유명한 에디슨은 전구를 한 번에 발명했을까? 아니야. 수천 번의 실패를 거듭한 끝에 전구의 필라멘트를 발명하게 된 거란다. 그동안의 실패에 대해 한 기자가 에디슨에게 어떻게 생각하느냐는 질문을 던졌어. 그러자 에디슨은 다음과 같이 답했다고 해.

"나는 한 번도 실패하지 않았다. 전구를 완성할 때까지 2천 번의 안 되는 경우를 확인했을 뿐이다."

에디슨의 위대함은 여기에 있었던 게 아닐까? 발명왕이라는 칭호가 붙은 에디슨은 실패를 하지 않았을 것 같지만, 가장 많은 실패를 경험해 본 사람이라고 할 수 있어. 다만 실패를 실패로 여기지 않고 성공으로 가기 위한 경험으로 받아들였지.

이를 본받아 앞으로 실패와 같은 어려움이 찾아왔을 때 실망해서 포기하거나 낙담하기보다는 성공에 한 발짝 다가섰다고 생각해 보는 건 어떨까? 그렇다면 지금 힘든 것도 툴툴 털어내고 일어설 수 있을 거야.

유대인 속담을 하나 소개하면서 이야기를 마칠까 해.

"실패했을 때 우리는 실패라고 쓰고, 경험이라고 읽는다."

"젊은이들은 집에 들어가서는 부모님께 효도하고
나가서는 어른들을 공경하며, 말과 행동을 삼가고 신의를 지키며,
널리 사람들을 사랑하되 어진 사람과 가까이 지내야 한다.
이렇게 행하고서 남은 힘이 있다면 그 힘으로 글을 배우는 것이다."

─『논어』 학이(學而)

두 번째
편지

성적이
배움의 목적이 되어 버린
너희에게

배움에도
우선순위가 있다

사랑하는 얘들아!

혹시 『명심보감』이란 책을 아니? 아마 읽어 보진 않았어도 책 이름은
들어 보았을 거야. 이 책은 중국 명나라 때 범립본이라는 사람이 엮은 것
으로 알려져 있는데, 우리나라에는 고려시대 때 전해졌단다. 조선시대
에는 『천자문』과 『사자소학』을 뗀 아이들에게 사람이 살아가면서 지켜야
할 기본 덕목들을 가르쳐 주던 책이었어. 명심보감明心寶鑑은 글자 그대
로 '마음을 밝혀 주는 보배로운 거울'이라는 뜻인데, 사람이 살아가는 데
도움이 될 만한 주옥같은 지혜들로 가득하단다. 어떻게 살아가야 하는지
한 줄기 방향을 찾을 수 있는 책으로, 앞날이 두렵고 막막하다면 이 책에
서 답을 얻을 수 있을 거야.

그런데 뜬금없이 웬 『명심보감』 이야기냐고? 이 책 속에 너희에게 들려주고 싶은 구절들이 있기 때문이야. 지금 너희의 가장 큰 고민은 무엇이니? 누가 뭐라 해도 성적, 공부겠지. 그런데 공부란 무엇일까? 이 글을 읽고 있는 너희는 배움이 무엇이라고 생각하니? 『명심보감』에 바로 이와 관련한 내용이 나온단다.

"옥도 다듬지 않으면 그릇이 안 되듯, 사람이 배우지 않으면 도리를 모른다." -『명심보감』 근학(勤學)

"사람이 배우지 않음은 아무런 재주 없이 하늘에 오르려는 것과 같다. 배워서 지혜가 깊어짐은 상서로운 구름을 헤치고 푸른 하늘을 바라보는 것과 같고 높은 산에 올라가 온 세상을 내려다보는 것과 같다." -『명심보감』 근학(勤學)

부지런히 배운다는 한자를 통해서도 알 수 있듯이, '근학편'은 배움에 대한 지혜를 담아 놓은 장이란다. 이 구절들이 의미하는 것은 무엇일까? 보석인 옥도 다듬어야 제 역할을 해낼 수 있듯이 사람 역시 배워야 사람으로서 역할을 해낼 수 있고 자신의 뜻을 펼칠 수 있는 지혜와 힘이 생긴다는 뜻이야. 사실 배움의 중요성에 대해 너희 때만큼 자주 듣는 시기도 없을 것 같구나.

배움의 여정에 있는 얘들아, 너희는 지금 이 시간에도 열심히 배우고 있을 거야. 학교에서 배우는 것도 모자라 학원을 다니고 과외를 받으며 주말, 휴일도 없이 열심히 배우고 있을 거야. 이렇게 끝도 없이 배우고 또 배우다 보니 너희에게 어느덧 '배움이란 무엇일까?' '왜 배우는 것일까?'와 같은 생각은 무의미해져 버린 것 같아. 이런 쓸데없는 생각을 할 시간이 있으면 하나라도 더 배우자, 일단 대학 입시 때까지만 눈 딱 감고 버티자고 생각하게 된 거겠지. 하지만 선생님이 너희를 가르치다 보니, 이런 식의 배움은 너희를 명문 대학에 들어가게 할 수는 있을지 몰라도 진정한 의미에서 성장시키지는 못하더구나. 좋은 대학만 들어가면 삶이 완벽해질 것 같지만, 대학은 너희가 앞으로 거쳐야 할 수많은 관문 중 하나일 뿐이거든. 그리고 배움은 그 관문들을 헤쳐 나가기 위해 반드시 갖춰야 할 능력 중 하나라고 할 수 있어. 그러니 지금처럼 버티기식, 막무가내식 배움은 단기적 성과를 낼 수는 있을지 몰라도, 결정적일 때 너희에게 힘이 되어 주지는 못한단다.

그렇다면 진정한 배움이란 무엇일까? 먼저 배움의 속성을 알아야겠지. 이를 알면 배움이 조금은 편해지거든. 배움의 속성은 바로 배움을 좋아하는 사람은 없다는 거야. 『논어』에 보면 다음의 내용이 등장한단다.

애공이 물었다.
"제자 중에 누가 배우기를 좋아합니까?"

공자께서 대답하셨다. "안회라는 사람이 배우기를 좋아해서, 노여움을 남에게 옮기지 않고 같은 잘못을 두 번 저지르지 않았는데, 불행히도 단명하여 죽었습니다. 이제는 그런 사람이 없으니, 그 후로는 아직 배우기를 좋아하는 사람을 들어 보지 못했습니다." -『논어』 옹야(雍也)

공자를 따르는 제자는 적게는 수백 명에서 많게는 수천 명에 이르렀다고 해. 그런데 그 많은 제자 중 배우기를 좋아한 제자는 안회라는 제자 한 명밖에 없다고 고백하고 있어. 열심히 배워 보겠다고 공자를 찾아온 사람들 중에 진정으로 배우기를 좋아했던 사람이 단 한 명밖에 없었다니, 이것만 보아도 사람들이 배우기를 얼마나 싫어하는지 알 수 있을 것 같지 않니?

그러니 배우는 것을 힘들어하고 싫어하는 것을 부끄럽게 생각하지 않아도 된단다. 스스로를 자책하지 않아도 돼. 너무나 자연스럽고 당연한 것이거든. 이렇게 생각하면 배움이 조금은 편하게 여겨지지 않니?

배움의 진짜 목적

사실 처음부터 배우는 것을 싫어하는 건 아니야. 막 학교라는 세계에 들어선 너희는 새로운 것을 배울 때마다 신기해하고 모르는 것을 보면 알 때까지 물어 선생님이 때때로 버거울 정도였지. 그랬던 너희가 언제 부턴가 배우는 것을 싫어하고 힘들어하는 모습을 보이더구나. 어쩌면 배움의 즐거움을 만끽하기도 전에 '성적, 입시'라는 단어를 먼저 주입시키고, 오로지 배움만을 강요하는 지금의 교육 현실 때문이 아닐까 싶어 선생님으로서 마음이 무겁단다.

사실 배움의 목적은 열심히 공부해서 좋은 대학에 들어가고, 잘 먹고 잘사는 것이 아니야. 배움의 목적은 한마디로 '사람이 되기 위함'이라고 할 수 있지. 『논어』에 이런 구절이 나온단다.

> "젊은이들은 집에 들어가서는 부모님께 효도하고 나가서는 어른들을 공경하며, 말과 행동을 삼가고 신의를 지키며, 널리 사람들을 사랑하되 어진 사람과 가까이 지내야 한다. 이렇게 행하고서 남은 힘이 있다면 그 힘으로 글을 배우는 것이다." -『논어』학이(學而)

이 구절은 우리에게 무엇보다 먼저 효도하고 윗사람을 공경하고 다른 사람을 사랑하라고 말하고 있어. 그리고 나서 지식을 쌓으라는 거지. 한마디로 사람이 먼저 된 후에 지식을 쌓으라고 권면하고 있어. 배우는 자로서 '사람이 되는 것'은 가장 먼저 갖추어야 할 덕목이지 최종 목적이 아니라는 뜻이야.

"소학의 가르침은 물 뿌리고 청소하며, 남의 말에 응대함이 예절과 맞으며, 집에 들어와서는 효도하고 나가서는 공손해 행실이 조금도 예의에 어그러짐이 없도록 하는 데에 있다. 이런 일들을 행하고도 남는 힘이 있으면 시를 외우고 책을 읽는 것이다." -『소학』소학제사(小學題辭)

이 구절을 읽다 보면 요즘 시대의 풍조와 너무나 달라 비현실감마저 들 거야. 지금은 공부만 열심히 해도 효도니 공경이니 하는 것들은 무시해도 용서받는 분위기지 않니. 시간이 지날수록 오로지 배우는 데 모든 힘을 쏟으라고 강요하는 듯해.

선생님이 어렸을 때만 해도 자주 들었던 말이 "먼저 사람이 되라."는 말이었어. 그런데 지금은 이런 말을 해주는 사람조차 드물어진 것 같다.

"공부도 중요하지만, 아빠가 오시면 나가서 인사해야지."

"공부하기 전에 먼저 네 방부터 치워라." 등등.

혹시 이런 지적을 받아 본 적이 있니? 이는 결국 먼저 사람이 되라는 가르침과 일맥상통한다. 공부를 잘하는 것은 물론 대단히 중요해. 하지만 어른에게 예의 바르고 주변을 깨끗이 잘 정리하는 등 사람으로서 기본적으로 갖추어야 할 태도를 익히는 것은 무엇보다 우선되어야 한단다. 이런 기본적인 것들을 잘 갖춘 사람들이 결국 인생을 행복하고 성공적으로 이끌어 가더구나.

부디 너희는 배움의 우선순위를 올바로 하길 바란다. 먼저 사람이 되

너희가 배움에 앞서 먼저 해야 하는 것은
윗사람을 공경하고, 효도하며, 다른 사람을 사랑하는 거란다.
즉 배우는 자로서 '사람이 되는 것'은 가장 먼저 갖추어야 할 덕목이지,
최종 목적이 아니야.

어야 한다는 배움의 출발이자 목적을 분명히 한다면, 너희는 배울수록 성숙하고 남에게 존경받는 사람이 될 수 있을 거야. 그리고 그런 사람들 은 배우면 배울수록 주변 사람들을 행복하게 해. 선생님은 기대한단다. 배워 갈수록 인품이 깊어지는 너희의 모습을.

배움의
자세에 대해

사랑하는 애들아!

"나는 일찍이 종일토록 먹지 않고 밤새도록 자지 않고서 사색을 해보
았지만, 유익함이 없었고, 공부하는 것만 못했다." -『논어』위령공
(衛靈公)

누가 한 말인지 아니? 공자가 한 말이란다. 공자는 정말 배움을 좋아
하고 열심히 배웠던 것 같아. 공자님 같은 말씀이라고 한 귀로 듣고 한
귀로 흘려버릴 수도 있겠지만, 공자의 배움에 대한 사랑과 열정만큼은
우리가 배워야 하지 않을까 싶구나. 특히 학업이 본업인 학창 시절에는

이러한 마음이 너희에게 힘이 되어 줄 거라고 생각해.

너희는 왜 꼭 배워야 하냐고, 공부 안 하고도 얼마든지 성공할 수 있다고 말하곤 해. 물론 공부가 너희의 삶을 윤택하게 만들어 줄 유일한 행위인 것은 아니야. 그럼에도 너희에게 배움을 강조하는 것은 배움에도 때가 있기 때문이란다. 이런 가르침은 동양고전에서도 종종 볼 수가 있어.

"배우지 않다가 뒷날에 담벼락을 바라보듯 답답하여 후회해도 이미 늙어 버린 몸 돌이킬 수 없으리라." -『명심보감』근학(勤學)

"어린이는 어른의 씨앗이요, 선비는 관리의 씨앗이다. 그러한 까닭에 어릴 때와 선비일 때 몸과 마음을 부지런히 수양하고 공부하지 않으면, 마치 화력이 모자라 질그릇과 주물을 정밀하게 만들지 못해 결국 좋은 물건이 될 수 없는 것과 같으니, 훗날 세상을 살아가거나 조정에서 벼슬살이 할 때 쓸모 있는 인재가 되기 어렵다." -『채근담』

이런 구절들이 하나같이 의미하는 바는 배움의 때를 놓치지 말라는 거야. 그때를 놓치면 나중에는 배우고 싶어도 배우지 못하는 때가 오며, 아무리 애를 써도 배움의 효율이 나타나지 않게 된다는 거지.

어른들이 흔히 "머리가 굳어서 돌아서면 까먹고 돌아서면 까먹는다."는 말을 하곤 하지? 너희는 이 말을 들을 때마다 이해가 잘 안 됐을 거야. 그런데 선생님만 해도 너희 나이 때에는 한 시간이면 익힐 수 있었던 내용을 지금은 다섯 시간을 익혀도 금방 잊을 때가 있단다. 어른들이 너희에게 배움을 강조하는 것은 너희가 학생인 까닭도 있지만, 배우기에 너희 시기만큼 좋은 때도 없기 때문이지. 아니, 너희 때가 아니면 배우지 못하는 것도 생긴단다. 운동선수가 되려면 적어도 운동을 시작해야 하는 나이가 있잖니. 배움 역시 마찬가지야. 물론 나중에라도 얼마든지 공부를 시작할 수 있지만, 거기에 소모되는 시간적·금전적 비용은 지금보다 훨씬 크며, 그 결과물 역시 너희가 바라는 것에 도달하지 못할 가능성이 크단다. 그러니 나중에 세월이 흘러 그때 조금 더 열심히 할 걸, 이런 후회를 하지 않기를 간절히 바라.

배울 수 있을 때 부지런히 배우렴. 배움에는 나이가 없다는 말도 있지만, 배움의 적기, 때라는 것은 생각보다 정말 짧은 법이란다. 그 배움의 때를 놓치지 않고 부지런히 배우기를 바란다.

"집이 가난해도 가난 때문에 배움을 포기해선 안 된다. 집이 부유해도 부유함을 믿고 배움을 게을리 해선 안 된다. 가난한 사람이 부지런히 공부하면 입신立身할 수 있다. 부유한 사람이 부지런히 공부하면 이름이 더욱 빛날 것이다." ―『명심보감』 근학(勤學)

"자기 집 두레박 줄이 짧은 건 원망하지 않고, 남의 집 우물 깊은 것만 한

탄한다. " -『명심보감』 성심(省心) 下

많은 고전에서 하나같이 배움의 때에 열심히 임하라고 권고하며, 이
시기를 어떻게 사용해야 하는지, 그리고 그 결과는 오롯이 자신의 몫임
을 강조하고 있단다. 때로 많은 사람이 부족한 실력과 배움을 환경이나
부모의 책임으로 돌리기도 해. 서양 속담 중에 "해가 있을 때 건초를 만
들라."는 말이 있어. 해가 떠 있는 동안 말에게 먹일 건초를 만들지 않은
사람이 왜 이렇게 해가 빨리 떨어지냐고 불평을 한다고 상상해 보렴. 그
것만큼 어리석어 보이는 것도 없을 거야. 그렇지 않기 위해서라도 해가
떠 있을 때 열심히 건초를 만들 듯, 배움의 때에 부지런히 배우렴.

그리고 배울 때에는 정직해야 한단다. 학교에서 아이들을 가르치다
보면 학년에 따라 차이가 있다는 걸 발견하게 돼. 저학년 아이들은 쉴 새
없이 질문을 하는 통에 수업조차 진행하기 힘들 때가 있어. 밥을 먹어도
되는지, 화장실은 가도 되는지와 같은 소소하고도 아주 기초적인 질문까
지 창피해하지 않고 쏟아낸단다. 하지만 고학년으로 올라갈수록 질문하
는 횟수가 확연히 줄어들어. 오히려 질문을 하는 아이는 '공공의 적'이 되
기도 해. 고학년 아이들은 다 알아서 질문하지 않는 걸까? 사실 전혀 그
렇지 않아. 모르면서도 아는 척하고 있을 뿐이야. 질문하는 것을 부끄럽
게 생각하기 때문이지. 하지만 제대로 배우기 위해서는, 좀 더 배움을 넓
히기 위해서는 질문만큼 좋은 방법이 없단다.

"아는 것을 안다고 하고 모르는 것을 모른다고 하는 것, 이것이 아는 것이다." -『논어』 위정(爲政)

너희는 어땠니? 공자의 말처럼 아는 것을 안다고 하고, 모르는 것을 모른다고 할 정도의 정직함과 용기만 있다면 배움의 깊이와 질이 달라질 수 있단다. 모르는 것은 부끄러운 게 아니야. 모르는데도 알려고 하지 않는 것이 더욱 부끄러운 행동이라는 것을 잊지 마렴.

아울러 항상 '왜'라는 의문을 가지렴. 지금의 교육이 창의 교육이니, 통합 교육이니 하는 이름으로 불리기도 하지만, 여전히 옛날 주입식 교육에서 벗어나지 못하고 있는 것도 사실이란다. 이에 따른 문제는 가깝게 대학생이 된 너희를 떠올려 봐도 쉽게 예측해 볼 수 있어. 대학생이 되면 어느 누구도 너희에게 무엇을 배우라고 강요하지 않아. 너희 스스로 무엇을 배워야 할지, 어떻게 얼마나 배워야 할지 등을 결정해야 해.

지금 당장은 배운 내용에 대해 '왜?'라는 의문을 품을 수 있는 친구보다 암기를 잘하는 친구의 성적이 더 좋게 나올 수 있지만, 그것은 분명 한계가 있는 배움의 자세야. 게다가 하나라도 더 알고자 질문을 하는 아이들이 더 예뻐 보이고, 더 가르쳐 주고 싶은 게 솔직한 선생님의 마음이란다.

맹자가 말했다. "어떤 것을 행하면서도 왜 그렇게 해야 하는지 이해하지 못하고, 어떤 것에 익숙해 있으면서도 그 까닭을 알지 못하고, 일생 동안 그것을 따라가면서도 도를 알지 못하는 것이 보통 사람들이다." -『맹자』진심(盡心) 上

의문을 품지 않는 학생은 이미 배움의 열정을 잃어 가고 있는 것과 같아. 이런 배움으로는 아무리 열심히 해도 평범함을 벗어나기 어렵단다.

보통 사람들은 배울 때 '왜?'라는 의문을 갖지 않을 때가 많아. '나는 왜 공부를 해야 하는가?' '이것은 왜 이렇게 되는 것일까?'와 같은 의문을 갖지 않은 채 암기하는 데만 급급해. 솔직히 그런 걸 몰라도 지식을 쌓는 데는 지장이 없거든. 그런데 이런 지식은 정답 맞추기식 시험에서는 도움이 되겠지만, 활용할 수도 발전시킬 수도 없어. 당연히 너희의 삶을 윤택하게 만들어 주지도 못하지. 배움과 삶이 분리되는 거야.

가장 최근에 왜라는 의문을 품은 적이 있니? 있다면 그것은 무엇이었니? 이런 의문이 사라지는 순간 사람은 활력을 잃게 된단다. 그런데 이렇게 살다 보면 살아가는 것이 아니라 살아지게 되는 것 같아. 너희 중 아무도 이런 삶을 살고 싶은 친구는 없을 거야. 끊임없는 의문과 배움의 열정으로 너희의 하루하루에 활력을 더해 가기를 간절히 바란다.

병든 사람이 되지 않아야 한다

사랑하는 애들아!

옛날 사람들은 무슨 책을 공부했을까? 조선시대에는 『소학』, 『동몽선습』, 『몽구』와 같은 책들을 읽으면서 배움을 더해 갔다고 해.

이중에서 『몽구』라는 책은 교육적이면서도 기괴한 이야기로 가득한 일화집이란다. 따분한 책 이야기만 듣다가 갑자기 눈이 번쩍 뜨일 것 같구나. '어리석고 어린아이(蒙)가 스승에게 가르침을 구한다(求)'라는 뜻의 이 책은 중국 당나라 때 이한이라는 사람이 자기 집안의 아이들을 가르치기 위해 지었다고 해. 『명심보감』이나 『논어』 같은 책이 구절을 중심으로 가르침을 준다면, 이 책은 여러 가지 일화를 중심으로 가르침을 주기 때문에 훨씬 부드럽고 부담 없이 읽을 수 있다는 장점이 있어. 이중에서 재미있는 이야기를 하나 소개하고자 해.

공자의 제자인 원헌이 노나라에 살고 있었다. 그의 집은 워낙 가난해서
겨우 발을 뻗을 정도로 작은 집에 살았다. 지붕은 띠풀로 덮었고 잡초로
짜서 만든 문은 여기저기 떨어졌고 뽕나무 가지를 구부려서 문을 여닫게
만들었다. 지붕은 언제나 비가 새고 바닥은 젖어서 눅눅했다.

그렇지만 원헌은 이처럼 허름한 집에 살면서도 바르게 앉아서 거문고를
타고 즐기며 살았다. 한번은 공자의 제자인 자공이 출세해서 비단옷을
걸치고 좋은 마차를 타고 원헌을 찾아왔다.

그런데 자공이 타고 온 마차가 워낙 커서 원헌이 사는 좁은 골목길로 들
어갈 수 없었다. 자공은 할 수 없이 마차에서 내려 걸어서 원헌의 집으로
향하고 있었다. 이 소식을 들은 원헌은 너무 기쁜 나머지 신발을 발에 걸
치고 질질 끌면서 명아주 지팡이를 짚고 마중을 나갔다.

자공은 이 모습을 보고 자신도 모르게 이렇게 말했다.

"아, 선생님은 정말 심하게 병들고 쇠약해졌군요."

원헌은 자공이 자신의 부귀영화에 만족하고 있는 모습을 보며 이렇게 이
야기했다.

"재산이 없는 빈털터리를 빈곤이라고 하고, 학문을 해도 실천할 줄 모르
는 것을 병들었다고 하는 것이네. 지금 나는 빈곤하기는 하지만 병든 것
은 아니라네."

이 말을 들은 자공은 자신도 모르게 두세 걸음 뒤로 물러서면서 마음속으로 부끄러워했다. -『몽구』

이 이야기를 읽으면서 무엇을 느꼈니? 선생님은 이 이야기를 읽고 나서 나 또한 병들지 않았는지 스스로 되돌아보게 되었단다. 가난보다 배우고도 실천하지 않는 것이 더 큰 부끄러움이며 병든 것이라는 원헌의 말은 우리에게 많은 깨달음을 줘.

사실 신문을 보다 보면 많이 배운 사람들의 악행을 어렵지 않게 볼 수 있어. 유산을 빨리 상속받기 위해 부모를 살해한 교수, 엄청난 사기극을 벌이는 명문대 졸업생 등 정말 믿을 수 없는 악행을 저지른 엘리트들이 많이 나와. 이들이야말로 병든 사람의 표본이라고 할 수 있지. 이런 병든 사람이 많으면 많을수록 그 사회는 불행해질 수밖에 없어. 과연 너희는 어떤 사람인지 스스로 되짚어 보길 바란다.

배움의 여정을 걷고 있는 애들아!

배우는 것은 참 좋은 거란다. 하지만 어떤 사람은 배우면서 남에게 손가락질을 받기도 해. 배움은 좋은 것인데, 왜 남에게 질책을 받는 걸까? 배우되 그 배움이 바르지 못해서가 아닐까? 배움은 그 자체로서 대단히 훌륭한 행위이지만, 잘못된 배움은 부작용을 낳고 그 의미를 손상시키지.

무엇보다 배울 때 가장 경계해야 할 것은 배움과 실천이 일치하지 않는 '병듦'이야. 우리는 많이 배운 사람들을 존경하며 존중해. 그 이유가 무엇이라고 생각하니? 나보다 많이 알아서? 그렇다면 컴퓨터도 존경해야겠지. 우리가 오랜 시간 학문한 사람들을 존중하는 것은 그들이 우리보다 지혜롭고 바를 것이라고 생각하기 때문이야. 그런데 요즘에는 점점 배움과 삶이 따로따로인 경우가 많으며, 머리만 커지는 사람도 많은 것 같아. 이런 사람들의 특징은 교만하다는 거야. 배움을 통해 남보다 더 많이 알게 된 사람들은 그렇지 못한 사람들을 무시하기 일쑤고 자신이 최고라고 착각하여 남의 말을 귀담아 들으려고 하지 않는 모습을 보여. 한마디로 배움이 병든 사례라고 할 수 있어. 『채근담』에 보면 다음과 같은 구절이 나와.

"이익과 욕심이 다 마음을 해치는 것이 아니다. 자신만이 옳다고 생각하는 독선이야말로 마음을 해치는 도적이다. 음악과 성욕이 꼭 도덕 수양을 방해하는 것이 아니다. 스스로 총명하다고 잘난 체하는 것이야말로 도덕 수양의 장애물이다." -『채근담』

배움이 많아질수록 스스로 똑똑하다고 생각하고 잘난 척하는 사람이 많은데, 이것만큼 스스로를 망치는 일은 없다고 말하고 있어. 배움 그 자체가 사람의 존재 가치를 높여 주는 게 아니야. 배움을 통해 얻은 깨달음을 실천하는 자세가 사람의 존재 가치를 높여 주는 거란다. 이런 사람은 스스로 잘난 체하지 않아도 주변에서 인정해 주는 법이야.

더욱이 잘난 척하고 교만한 사람은 친구 관계가 원만할 수가 없어. 선생님의 제자 중에 수영이란 아이는 굉장히 영특하여 공부를 매우 잘했어. 보통 공부를 잘하는 아이들은 적이 있게 마련인데, 수영이는 친구들 사이에서 인기가 아주 많은 거야. 왜 그런가 유심히 살펴보니 수영이는 굉장히 겸손하더구나. 예를 들어 이런 식이야. 시험지를 나눠 주면 아직 어린 탓에 좋은 점수를 받은 아이는 괴성을 지르면서 좋아해. 심지어 다른 친구들과 성적을 비교하며 자신보다 낮은 아이들을 놀리기 바빠. 그런데 수영이는 항상 조용히 받은 시험지를 책상 위에 엎어 놓더구나. 시험을 망친 친구들을 배려하는 거지. 매사 이런 식이니 친구들이 수영이를 좋아하지 않을 수가 없어 보였단다.

너희도 배움을 자랑하기보다, 겸손하게 이를 실천할 수 있는 사람이 되길 바라. 이것이 바로 너를 위하는 길이며, 너를 높이는 방법이기도 하다는 걸 꼭 기억하렴.

마지막으로 당부하고 싶은 것은 다른 사람을 위해 배우길 바란다는 거야. 이건 또 무슨 소리인가 싶을 거야. 우리는 흔히 배움은 오로지 너를 위한 것이니 열심히 임하라는 의미로 "배워서 남 주냐?"는 말을 많이 하곤 해. 선생님은 이 표현을 "배워서 남 주라."라고 바꿔 권하고 싶구나. 오로지 나만을 위한 것이 아닌 다른 사람을 위해 열심히 배우는 사람이 되라는 뜻이야. 자기의 출세와 욕망을 위한 배움은 결국 나 자신을 위한

배움은 그 자체로서 대단히 훌륭한 행위이지만,

잘못된 배움은 부작용을 낳고 그 의미를 손상시켜.

무엇보다 가장 경계해야 할 것은

배움과 실천이 일치하지 않는 '병듦'이야.

배움을 자랑하기보다, 겸손하게 이를 실천할 수 있는 사람이 되길 바라.

이것이 바로 너를 위하는 길이며,

너를 높이는 방법이기도 함을 기억하렴.

것에 그치지만, 남을 위한 배움은 나를 비롯하여 더 많은 사람을, 더 나아가 세상을 이롭게 할 수 있기 때문이란다. 그만큼 배움의 과정이 보람되고 즐거워지겠지?

지금 나를 위한 배움도 힘들어 죽겠는다는 너희에게 선생님이 너무 이상적인 이야기를 하고 있는지도 모르겠구나. 선생님 역시 그렇게 살지 못하면서 너희에게 지나친 것을 바라고 있는 듯하다. 그렇지만 이 의미를 몇 번씩 곱씹어 보기를 바라. 언젠가 이 이야기의 의미를 알게 되는 날이 올 것이라고 믿거든.

배움의 시작과 끝은 독서다

사랑하는 애들아!

공부를 잘하고 싶지 않은 사람은 없을 거야. 공부와는 담을 쌓고 지내는 것처럼 보이는 친구일지라도 속으로는 '나도 공부를 잘하고 싶다.' '누군가 도와준다면 열심히 해보고 싶다.'는 생각을 갖고 있는 법이야.

선생님이 너희와 상담을 하다 보면, "전 공부와 안 맞는 것 같아요." "공부 잘하는 애들은 뭔가 저와 다른 것 같아요." 등등의 말들을 자주 듣곤 해. 그런 이야기를 들을 때면 너무나 안타깝단다.

공부 잘하는 아이들은 모두 머리가 좋을까? 사실 그렇지 않아. 일등하는 아이든, 꼴등하는 아이든 지능은 대부분 비슷해. 선생님은 지능이 아닌 공부에 필요한 능력을 갖추었느냐가 성적을 좌우한다고 생각해. 그리고 이에 필요한 능력을 쌓는 가장 효과적인 방법은 독서라고 확신해. 그도 그럴 것이 선생님이 너희를 가르친 지도 20년이 되어 가. 그동안 무수히 많은 아이를 가르치면서 공부 잘하는 아이들의 공통점을 발견할 수 있었단다. 바로 독서를 열심히 한다는 사실이야. 공부를 하기 위해서는 필수적으로 글을 읽고, 이해하고, 사고할 수 있어야 해. 이는 독서를 할 때 자연적으로 습득되는 능력이란다. 공부란 독서 그 이상도 그 이하도 아니라고 할 수 있어.

사실 독서의 장점은 이것만이 아니야. 중·고등학교 시절에는 너희 말처럼 키가 폭풍 성장하잖니? 키만 그런 것이 아니고 사람의 생각도 마찬가지야. 어느 일정 기간 동안 폭풍 성장한단다. 그리고 폭풍 성장하는 시기는 대부분 그 사람이 책을 읽은 기간과 일치하지. 사춘기 이후로 키의 성장이 멈추듯 생각도 독서를 멈추는 순간 거의 자라지 않는단다. 그러니 얘들아, 너희는 독서에 심혈을 기울여 평생 성장하는 사람이 되렴.

세계적인 평론가이자 유명한 작가로 이름을 날렸던 임어당이란 사람은 독서에 관해 다음과 같은 말을 남겼단다.

"독서, 즉 책을 읽는 즐거움은 예로부터 문화생활의 매력의 하나로 간주되어 왔다. 오늘날도 독서하는 특권을 가진 사람들은 독서를 잘 하지 않는 사람들로부터 존경과 부러움을 받고 있다. 이것은 책을 읽는 사람의 생활과 책을 읽지 않는 사람의 생활을 비교해 보면 쉽게 알 수 있는 일이다.

하루에 두 시간만이라도 독서하면서 다른 세계에 살아서 그날 그날의 번뇌를 끊어 버릴 수가 있다면 그것은 말할 것도 없이 육체적 감옥에서 벗어나는 것뿐 아니라 남들이 부러워하는 특권을 얻게 되는 것이다."

책을 읽지 않는 사람은 자기만의 세계에 갇혀 사는 것과 같아. 자신의 친구, 주변 사람들처럼 지극히 한정된 경험의 양만큼만 세계를 알기 때문이지. 하지만 책을 읽게 되면 그 즉시 저자의 손에 이끌려 지구 반대편으로 날아가거나 혹은 우주 밖으로도 갈 수 있어. 마음속에 쌓여 있던 고민들은 어느덧 사라지고 자신보다 앞서 고민했던 선현들의 도움을 받아 엄청난 지혜를 얻게 되기도 해. 선생님은 너희가 독서를 많이 해서 그런 지혜를 가진 사람으로 거듭나기를 간절히 바라.

독서에 장점은 이루 말할 수 없을 만큼 무궁무진해. 그런 장점을 너희 것으로 만들기 위해서는 올바른 독서법을 가져야 한단다. 아무리 책을 많이 읽어도 제대로 된 독서를 하지 않으면 아무 소용이 없거든. 그러니 지금부터 들려주는 독서법을 꼭 기억하여 실천했으면 좋겠구나.

혹시 『격몽요결』이란 책을 아니? 아마 처음 듣는 사람도 있을 거야. 조선시대의 베스트셀러였는데 말이다. 이 책은 조선시대 최고의 학자라 할 수 있는 이율곡이 지은 책으로, 조선시대에는 유학 입문서라고 할 만큼 유학을 공부하는 사람들은 반드시 읽어야 하는 필독서였어. 몸소 실천할 일, 부모 섬기는 법, 남을 대하는 방법 등과 같이 마음을 닦고 기초를 세우는 내용으로 가득한 책이지. 그 내용 중에 '독서장'이 있는데, 책을 읽는 방법과 독서의 순서를 알려 주고 있어. 그중에 다음의 내용이 나온단다.

> "글을 읽는 자는 반드시 손을 단정하게 마주 잡고 반듯하게 앉아서 공손히 책을 펴놓고 마음을 모으고 뜻을 모아 정밀하게 생각해야 한다. 오래 읽어 그 행할 일을 깊이 생각해야 한다. 이렇게 해서 그 글의 의미와 뜻을 깊이 터득하고 그 구절마다 반드시 자기가 실천할 방법을 구해 본다. 만일 이렇게 하지 않고 입으로만 글을 읽을 뿐 마음으로는 이를 본받지 않고, 또 몸으로 행하지 않는다면, 책은 책대로 있고 나는 나대로 있을 뿐이니 무슨 유익함이 있겠는가?" -『격몽요결』 독서(讀書)

이율곡이 제시한 독서의 자세를 읽으면서 어떤 생각이 드니? 신생님이 가르치는 아이들에게 이 구절을 읽어 주면 대부분 책은 누워서 봐야 제 맛이라는 둥, 숨이 막힌다는 둥의 반응을 보이곤 해. 사실 이 구절에서 너희가 주목해 줬으면 하는 부분은 바른 자세만이 아니라 책을 읽는 방법에 있단다. 바른 자세를 유지한다는 것은 그만큼 독서에 온 힘을 기울인다는 뜻이야. 그런데 여기에서 그치지 않고 이율곡은 글의 의미와 뜻을 끊임없이 되새기며 이를 실천할 방법을 구하며 읽기를 권하고 있어. 후다닥 내용 파악에 그치는 것이 아니라 한 글자, 한 글자 새겨 읽으라는 거지. 이렇게 독서했기에 이율곡이 최고의 학자 반열에 오를 수 있었다고 생각해.

너희도 이런 독서를 통해 너희 삶에 평생의 동반자가 되어 줄 책을 찾기를 바란다. 미국의 다음 대통령 주자로 기대되고 있는 힐러리 클린턴은 힘들고 어려울 때마다 아직도 『작은 아씨들』이라는 책을 읽으며 위로를 받는다고 해. 특히 『작은 아씨들』에 나오는 '조 마치'라는 주인공이 자신과 너무 닮은 듯해 많은 위로를 얻는다는 거야. 세계적인 리더이자 일흔에 가까운 여인이 『작은 아씨들』과 같은 한 권의 책에 위로를 받는다는 사실이 놀랍지 않니?

비단 힐러리 클린턴만이 아니란다. 어떤 책은 평생을 함께하는 길잡이가 되어 주기도 한단다. 매번 읽을 때마다 새로운 감동과 지혜를 주는 거지.

너희도 평생을 함께할 나만의 책을 발견하길, 자녀에게도 물려주고 싶은 책을 발견할 수 있기를 바란다.

"딸(아들)아, 이 책을 읽어 보거라. 이 책에 인생의 모든 해답이 다 들어 있다."

이런 멋진 엄마, 멋진 아빠가 되거라. 책 한 권이 100억의 유산보다 나을 수 있음을 기억하렴.

"근래에 세상 사람들의 마음이 천박해져 서로 기뻐하고
아무런 거리낌 없이 지내는 것을 서로 뜻이 맞는다고 하고,
원만해서 모나지 않은 것을 서로 좋아하고 사랑한다고 한다.
이와 같은 우정이 어떻게 오래갈 수 있겠는가?
오래도록 우정을 유지하려면 반드시 서로 공경해야 한다."

−『소학』 가언(嘉言)

세 번째
편지

친구 관계로 고민하는
너희에게

친구란 서로의 발견과 노력이 필요하다

사랑하는 애들아!

인생은 만남과 헤어짐의 연속이라고 해도 과언이 아닐 만큼 인생에서 만남은 정말 중요하단다. 그중에서도 다음 세 가지 만남은 무척 중요해.

먼저 배우자와의 만남이야. 너희에겐 아직 먼 미래의 일이지만, 어떤 사람을 배우자로 만나느냐에 따라 인생은 180도 달라질 수 있단다. 더군다나 하나의 가정을 이루는 만남인 만큼 어떤 만남보다 신비하고 소중한 만남이라고 할 수 있지.

그다음으로 중요한 만남은 스승과의 만남이야. 사람은 태어남과 동시에 배워야 하는 존재란다. 그만큼 자신을 바른 길로 인도해 줄 좋은 스승을 만나는 사람만큼 행운아도 없을 거야. 그래서인지 훌륭한 사람들 중에는 훌륭한 스승을 둔 경우가 많아. 동양을 예로 들면 안회, 자공, 자로, 증자와 같은 사람들은 모두 공자라는 훌륭한 스승을 두었기 때문에 이름을 떨칠 수가 있었어. 서양을 예로 들면 플라톤은 소크라테스의 제자이고, 아리스토텔레스는 플라톤의 제자였지. 훌륭한 스승을 만나는 것이 인생에서 얼마나 중요한지 알 수 있겠지?

하지만 이러한 만남보다 지금 너희에게 가장 중요한 만남이 있단다. 그것이 무엇이라고 생각하니? 아마도 친구가 아닐까? 부모가 세상의 전부였던 너희에게 자라면서 부모보다 소중한 존재가 생기는데, 그것이 바로 친구란다.

예전에 흥행했던 영화 중에 〈친구〉라는 영화가 있었어. 거기에서 나온 대사 중에 '오래 두고 사귄 벗'이라는 친구에 대한 정의가 아직도 선명하게 기억나는구나. 친구라는 존재는 참으로 신기해. 나와 피 한 방울 섞이지 않았는데, 때때로 부모나 형제자매보다 더 가깝게 느껴지거든. 특히 너희에게 친구는 어떤 존재와도 비교할 수 없는 존재가 아닐까 싶어. 힘들고 짜증나는 학교생활을 버틸 수 있게 해주는 존재이자 부모님에게조차 털어놓지 못하는 고민을 상담할 수 있는 유일한 존재지. 심지어 늘 받는 것에 익숙한 너희가 자신의 것을 나눠 줘도 아깝지 않은 존재가 바로 친구가 아닐까 싶구나.

이는 비단 너희만의 이야기는 아니야. 어른들에게도 친구란 각별한 의미를 갖거든. 그래서인지 예로부터 친구와 관련된 고사들이 많이 생겨

났어. 깊은 우정을 뜻하는 금란지교(金蘭之交, 단단하기가 황금과 같고 아름답기가 난초 향기와 같은 사귐), 막역지우(莫逆之友, 마음이 맞아 서로 거스르는 일이 없을 만큼 친밀한 벗), 백아절현(伯牙絕絃, 자신의 거문고 소리를 알아주던 절친한 벗이 죽자 백아가 자신의 거문고 줄을 끊어 버렸다는 뜻)과 같은 고사성어들을 너희도 한 번쯤은 들어 보았을 거야. 이 밖에도 어릴 때 대나무 말을 타면서 친하게 지내던 친구를 지칭하는 죽마고우竹馬故友, 관중과 포숙의 사이처럼 다정한 친구 사이를 이르는 관포지교管鮑之交, 죽음도 함께할 수 있다는 문경지교刎頸之交와 같은 말들도 널리 쓰이고 있단다.

그런데 지금 너희에게 이런 친구가 있니? 물론 없다고 해서 실망하거나 우울해할 필요는 없어. 왜냐하면 이런 친구를 만날 수 있다는 건 쉬운 일이 아니거든. 무엇보다 서로의 노력이 필요한 일이란다. 김춘수의 〈꽃〉이라는 시에 보면 이런 구절이 나와.

내가 그의 이름을 불러 주기 전에는
그는 다만 하나의 몸짓에 지나지 않았다.
내가 그의 이름을 불러 주었을 때
그는 나에게로 와서 꽃이 되었다.

- 김춘수 〈꽃〉 중

여기에서 이름을 불러 준다는 것은 말 그대로 영수야, 철희야 하고 그 이름을 부른다는 것이 아니라, 상대에게 특별한 의미를 부여한다는 뜻이야. 그리고 이렇게 되기 위해서는 생텍쥐페리의 『어린 왕자』에서 말하는 '서로가 서로에게 하나밖에 없는 사람이 되는 과정', 즉 '길들이기' 과정이 필요하지.

그러니 지금 당장 그런 친구가 없다고 해서 낙담하지 않았으면 좋겠구나. 앞으로 그런 친구를 만날 수 있는 기회들이 반드시 찾아올 거거든. 그때를 놓치지 말고 상대의 이름을 불러 줄 수 있었으면 좋겠다.

평생을 함께할 수 있는 친구를 단 한 명이라도 만날 수 있다면, 그것만으로도 성공적인 학창 시절이라고 말할 수 있을 거야. 『명심보감』에 보면 다음의 말이 나온단다.

> "착한 사람과 함께 있으면 난초가 있는 방에 있는 것과 같다. 시간이 한참 지나면 그 향기를 맡지 못하지만 그에게 동화된다. 나쁜 사람과 함께 있으면 생선 가게에 들어간 것과 같다. 시간이 한참 지나면 그 냄새를 맡지 못하지만 그에게 감염된다." —『명심보감』교우(交友)

"아버지를 알고 싶거든 먼저 그 아들을 보고, 그 사람을 알고 싶거든 먼저 그 친구를 보라."는 말이 있어. 담배 피우는 사람 옆에 있으면 온몸에 금세 담배 냄새가 배듯이, 함께하는 친구와 자신도 모르게 닮게 된단다. 표정이나 몸짓만 닮는 것이 아니라 생각까지도 닮게 돼.

주변의 친구들을 살펴보렴.

그럼 네 자신이 어떤 사람인지 알 수 있을 거야.

그 친구의 모습이 바로 현재의 네 모습이거든.

그러니 좋은 친구를 사귀고 싶다면,

너희가 먼저 좋은 사람이 되어야 한단다.

주변의 친구들을 살펴보렴. 그럼 네 자신이 어떤 사람인지 알 수 있을 거야. 그 친구의 모습이 바로 현재의 네 모습이거든. 그러니 좋은 친구를 사귀고 싶다면, 너희가 먼저 좋은 사람이 되어야 한단다.

모든 친구가
좋은 것은 아니다

사랑하는 얘들아!

친구를 사귈 때에도 지혜가 필요하단다. 사람은 그 자체로 존중받아 마땅하고 귀한 존재이지만, 친구란 서로 닮아가게 마련이거든. 너희는 어떤 사람을 닮고 싶니?

학부모와 상담을 하다 보면 "선생님, 우리 아이가 친구를 잘못 사귀어서 이렇게 되었어요."라고 한탄하는 말을 종종 듣게 돼. 착하고 성실했던 자신의 자녀가 학교생활을 소홀히 하고 문제를 일으키는 것이 모두 불량한 친구를 만나서 그렇다는 거야. 물론 선생님도 그 말에 어느 정도 공감해. 왜냐하면 어떤 친구를 사귀느냐에 따라 좋은 사람이 될 수도 있고, 나쁜 사람이 될 수도 있으니까. 그만큼 곁에 있는 친구가 미치는 영향은 대단히 커.

하지만 이 말은 반은 맞고 반은 틀린 말이야. 너희의 모습을 알고 싶다면 친구를 살펴보라고 말했듯이, 친구의 나쁨만을 탓할 수는 없는 법이야. 너희가 친구를 잘못 만나서 문제를 일으켰다고 생각하듯이, 상대 역시 그렇게 생각하고 있을지도 몰라. 좋은 친구를 사귀기 위해서는 너희가 먼저 좋은 사람이 되어야 해. 이와 더불어 좋은 친구와 그렇지 않은 친구를 구분할 줄 아는 안목과 지혜 역시 갖고 있어야 하겠지. 유익한 벗과 해로운 벗에 대해 공자는 다음과 같은 말을 남겼단다.

"유익한 벗이 세 종류가 있고, 해로운 벗이 세 종류가 있다. 정직한 사람, 성실한 사람, 견문이 풍부한 사람을 벗한다면 유익하다. 그러나 겉은 화려하지만 정직하지 않은 사람, 아첨은 잘하지만 성실하지 않은 사람, 말은 번드르르 하면서 실제적인 견문이 없는 사람을 벗하면 해롭다." - 『논어』 계씨(季氏)

가르치는 아이들과 이 구절을 읽고 나서, 자신의 생각에 따라 구절을 바꿔 보라고 한 적이 있었단다. 그러자 한 학생이 이렇게 바꾸더구나.

"유익한 벗이 세 가지가 있는데, 돈 많은 친구, 싸움 잘하는 친구, 못생긴 친구를 벗으로 삼으면 유익하다."

이렇게 바꾼 이유를 물었더니 "돈 많은 친구는 자기가 언제든지 빌붙을 수 있어서 좋고, 싸움 잘하는 친구와 같이 있으면 다른 아이들이 함부로 하지 못하니 좋으며, 못생긴 친구와 같이 있으면 자신이 돋보일 수 있어서 유익하다."고 하더구나. 이 말을 듣고 선생님은 하루종일 마음이 불편했단다. 요즘 시대상을 고스란히 드러낸 것 같아 반박도 할 수 없었지.

너희는 이 학생의 말에 어떻게 생각하니? 그리고 너희가 생각하는 유익한 벗이란, 해로운 벗이란 무엇이니? 저마다 생각과 기준이 다르기 때문에 다양한 답변이 나올 거라 생각해. 다만 선생님이 너희에게 이것 하나만은 꼭 알려 주고 싶구나. 바로 반드시 피해야 하는 친구야.

친구들 중 남의 이야기를 하길 좋아하는 친구가 있다면 가급적 가까이 하지 않는 게 좋단다. 그런 친구들이 하는 이야기는 대부분 어떤 친구를 깎아내리거나 험담하는 내용이거든. 이런 친구들은 "이거 비밀인데." "너만 알고 있어야 해."와 같은 말을 입에 달고 살지. 사실 이런 이야기들은 재미있기도 하고 중독성이 있어서 벗어나기가 어렵단다. 오죽하면 『성경』에 이런 말이 있겠니?

"남의 말 하기를 좋아하는 자의 말은 별식과 같아서 뱃속 깊은 데까지 내려가느니라."

더군다나 남의 이야기를 하기 좋아하는 친구는 다른 친구들에게 너희에 대해서도 똑같이 이야기할 수 있단다. 험담이 될 수도 있고, 잘못된 오해에서 비롯된 거짓된 사실일 수도 있어. 그것이 무엇이 되었든 이것은 그 자체만으로도 너희에게 해가 되지만, 더 큰 화를 야기할 수도 있기 때문에 조심해야 해.

다른 사람의 이야기를 전하기 좋아하는 친구가 안 좋은 점은 그 친구의 말로 인해 잘 알지도 못하는 친구에 대해 선입견을 가질 수 있다는 거야. 어떤 경우에도 한 사람의 말만 듣고 섣불리 판단해서는 안 돼. 사람은 모두 자기 입장에서 바라보기 때문에 똑같은 상황을 겪을지라도 해석이 다를 수 있거든. 이로 인해 정말 좋은 친구를 놓치게 된다면 얼마나 안타까운 일이니? 다양한 시각에서 사람을 볼 수 있어야 해. 그런데 남의 말을 하기 좋아하는 친구랑 있다 보면 시야가 좁아져 잘못된 시각을 가지게 될 수 있어.

무엇보다 본받고 싶은 유익한 친구를 만나고 싶다면 너희가 먼저 좋은 사람이 되어야 한단다. 그런 본보기로서 서서徐庶를 소개해 주고 싶구나. 제갈공명이나 유비는 우리에게 친숙하지만 서서란 이름은 생소할 거야. 서서는 너희에게도 친숙한 제갈공명의 친구로서, 『몽구』에 보면 다음과 같은 유명한 일화가 나온단다.

유비가 조조에게 쫓겨 신야라는 곳에 군대를 주둔시키고 있었다. 이때 제갈공명의 친구인 서서가 유비를 만났는데, 유비는 한눈에 서서가 큰 그릇임을 알아본다. 대화를 나누던 중 서서가 제갈공명을 다음과 같이 말하면서 추천한다.

"제갈공명은 세상을 등지고 숨어 사는 누워 있는 용과 같은 사람입니다. 장군께서 그 사람을 만나 보고 싶지 않으십니까? 만나 보고 싶다면 장군께서 직접 그 집에 가서 만나야 합니다. 그 사람에게 허리를 굽혀 오게 할 수는 없습니다. 그러니 스스로 낮추고 직접 방문하시는 것이 좋습니다. " -『몽구』

이후의 이야기는 너희도 잘 알 거야. 이 말을 들은 유비는 제갈공명의 집을 찾아가지만, 제갈공명은 좀처럼 만나 주지 않았어. 세 번을 찾아간 끝에 유비는 드디어 제갈공명을 만날 수 있었지. 여기에서 비롯된 고사성어가 바로 그 유명한 삼고초려三顧草廬란다.

이 이야기에서 많은 사람이 유비와 제갈공명에게만 집중하지만, 실제이 만남은 서서라는 인물이 없었다면 불가능했단다. 다른 사람들이 제갈공명을 잘난 척이나 하는 인물로 폄하할 때도, 서서는 제갈공명을 끝까지 믿어 주었어. 그리고 유비를 통해 자신이 성공할 수 있었는데도 자신의 친구인 제갈공명을 추천했지. 만일 서서가 없었다면 제갈공명은 아마 역사의 전면에 나오지도 못하고 이름 없이 사라졌을 거야.

선생님은 너희가 친구들에게 서서와 같은 사람이 되어 주기를, 또한 너희의 곁에 서서와 같은 친구가 있어 주기를 바란다. 이를 위해서는 비록 내가 역사의 주인공은 되지 못할지라도 친구의 장점을 다른 이에게 알려 기회를 열어 줄 수 있는 넓은 마음을 가져야 해. 그리고 그런 마음을 가진 사람은 분명 그 곁에 있는 또 다른 이가 그의 장점을 알아봐 줄 거라고 믿는단다.

평생지기를
만드는 법

사랑하는 얘들아!

좋은 친구와 만나는 것도 중요하지만, 그 친구와 오랫동안 관계를 지속하는 것도 정말 중요하단다. 이를 위해서는 무엇보다 친구 사이에도 서로 존중하고 존경하는 마음을 가져야 해. 그런데 너희는 서로 함부로 대하는 것을 친근함의 척도라고 종종 착각하더구나. 그래서 다른 사람들에게 하지 못하는 말도 친구에게는 스스럼없이 하곤 하지. '우리는 이렇게 해도 될 만큼 허물없는 친구다.'라고 생각하면서 말이야. 하지만 가까울수록 서로 조심해야 좋은 관계를 오래 유지할 수 있는 법이란다.

『소학』은 어린아이들에게 유학을 가르치기 위해 만든 수신서修身書야. 주희가 제자 유청지한테 지시해서 편찬한 책이지. 그 내용을 살펴보면

"남의 책을 빌려 오면 소중히 다뤄 보호해야 한다." "자신이 싫은 것을 남에게 시키지 마라."와 같이 현실 생활 속에서 꼭 실천해야 하는 항목들로 가득해. 탕평책을 실시한 것으로 유명한 영조대왕은 이 책을 100번 이상 탐독할 정도로 아꼈다고 해. 이 책에 보면 다음과 같은 구절이 나와.

> "근래에 세상 사람들의 마음이 천박해져 서로 기뻐하고 아무런 거리낌 없이 지내는 것을 서로 뜻이 맞는다고 하고, 원만해서 모나지 않은 것을 서로 좋아하고 사랑한다고 한다. 이와 같은 우정이 어떻게 오래 갈 수 있겠는가? 오래도록 우정을 유지하려면 반드시 서로 공경해야 한다." -『소학』 가언(嘉言)

이 말처럼 친한 사이일수록 서로 지켜야 할 선을 잘 지켜야 그 관계가 오래갈 수 있단다. 선생님은 집에서 아내와 서로 존댓말을 쓰고 있어. 어떤 사람들은 부부 사이에 존댓말을 쓰면 거리감이 느껴지지 않느냐고 하지만 전혀 그렇지 않아. 오히려 존댓말이 부부 사이에 최소한의 선을 지키게 도와주는 울타리가 되어 주어 매우 좋단다. 덕분에 부부 싸움도 거의 하지 않고 살 수 있는 것 같아.

친구 관계도 이와 비슷하다고 생각해. 정말 친한 친구일수록 너욱 조심하고 서로 존중해 주어야 해. 그래야 좋은 관계를 오래 유지할 수 있지. 친하다고 서로 함부로 하다 보면, 어느 순간 '얘는 나를 너무 함부로 대해.' '다른 친구들에게는 친절하면서 나한테는 왜 이렇게 함부로 말하지? 나를 너무 무시하는 것 같아.' 등 오해를 하게 되고, 결국 상처가 쌓여 친구와 멀어질 우려가 있단다.

또한 친구라면 내 것을 기꺼이 나누어 줘도 좋다는 너그러운 마음을 가질 수 있어야 해. 친구가 어려우면 내가 밥을 사주고, 내가 어려울 때는 친구가 밥을 사줄 수 있어야 바로 진정한 친구 관계라고 할 수 있단다. 내가 한 번 샀으니 너도 다음번에 사야 한다고 계산적으로 따지는 관계는 오래가지 못할 뿐 아니라, 진정한 친구 사이라고 보기 어려워.

> "은혜를 베풀고서 보답받기 바라지 말고, 남에게 주고 나서 왜 주었나 후회 말라." -『명심보감』존심(存心)

친구 사이에서 꼭 기억하면 좋을 글귀가 아닐까 싶구나. 친구에게 무언가를 주었다면 주는 즉시 잊어버리렴. 물이 너무 맑으면 물고기가 없고, 사람이 너무 따지면 주변에 사람이 없단다. 이를 위해서라도 친구와는 가급적 돈 거래를 하지 않는 게 좋아. 만일 불가피하게 비록 적은 돈일지라도 친구에게 빌리거나 빌려 주게 되었다면, 다소 매정해 보여도 정확하게 그 기한을 정하고 꼭 지켜야 해. 돈이라는 게 요물과도 같아서, 아무리 막역한 친구 사이라도 멀어지게 할 수 있기 때문이야.

앞에서 친구는 서로 닮아간다고 했지? 이는 곧 친구를 통해 네가 발전할 수 있다는 의미도 돼. 너희 곁에 있는 친구들을 한번 살펴보렴. 한 친구는 언변이 참 좋고, 한 친구는 친화력이 뛰어나는 등 저마다의 장점을 갖고 있을 거야. 이런 점을 너희가 본받고자 노력한다면, 분명 지금보다 더 많이 발전할 수 있겠지? 약간의 경쟁심을 바탕으로 서로 좋은 자극을 주는 친구만큼 좋은 관계는 없을 거야. 공자는 일찍이 이런 말을 했단다.

"세 사람이 길을 걸어간다면, 그중에는 반드시 나의 스승이 될 만한 사람이 있다. 그들에게서 좋은 점은 가리어 본받고, 그들의 좋지 않은 점으로는 나 자신을 바로잡는 것이다." - 『논어』 술이(述而)

친구의 좋은 점을 본받기 위해서는 먼저 친구에게 어떤 좋은 점이 있는지를 찾아보아야 해. 그리고 좋은 점을 발견하였다면 이를 칭찬해 줌과 동시에 내 것으로 만들기 위해 노력해 보자꾸나. 그러면 어느새 그 친구의 좋은 점을 조금씩 닮아가는 자신을 발견할 수 있을 거야. 자연스럽게 그 친구와의 우정 역시 돈독해지겠지. 자신을 인정해 주는 존재를 싫어할 사람은 없거든.

물론 진정한 친구란 좋은 말만 해주는 것이 아니라 충고도 해줄 수 있어야 한다고들 말해. 하지만 선생님은 이와 생각이 다르단다. 충고란 분명 상대방에게 도움을 주고자 하는 말이지만, 그 마음까지 충분히 전달되기란 어려운 법이야. 나를 위해 한 말일지라도 이를 흔쾌히 받아들일 수 있는 사람은 드물어. 공자 역시 이런 말을 했단다.

자공이 벗에 대하여 여쭙자, 공자께서 말씀하셨다. "진실된 마음으로 조
언을 해주고 잘 인도하되, 그래도 할 수 없다면 그만둘 일이지, 스스로 욕
을 보지는 말아라." -『논어』 안연(顏淵)

분명 친구라면 진심 어린 충고를 해줄 수 있어야 해. 하지만 공자의 말
처럼 충고를 가릴 줄 아는 지혜도 필요하단다. 무엇보다 선생님은 이렇
게 생각해. 세상에는 그 친구를 위해서든, 헐뜯기 위해서든 충고와 비난
을 던지는 사람이 무척 많아. 친구마저 그럴 필요가 있을까? 내가 어떤
사람이든, 무슨 잘못을 했든 지지해 줬으면 하는 존재가 바로 친구가 아
닐까? 충고는 부모님과 선생님의 몫이지 친구의 몫은 아니라고 생각해.

마지막으로 친구를 사귐에 있어서 해주고 싶은 이야기는 '친구란 어
렸을 땐 넓게 사귀고, 커서는 깊게 사귀어야 한다'는 거야. 친구를 사귀
는 데에도 시기가 있단다. 언제나 친구를 사귈 수 있을 듯하지만 현실은
그렇지 않아. 어른이 되면 경쟁을 부추기는 사회 탓에 사회적·심리적
으로 조건을 재고 따지게 되다 보니 진심 어린 친구를 만나기 어려워지
거든. 흔히들 중·고등학교 때 친구가 평생 친구라고 말하는 것도 이 때
문이야.

그러니 많은 친구를 만나고 사귀렴. 그리고 자라면서 그 친구들 중에

서 너의 평생 친구들을 만들어 가렴.

 "길이 멀어야 말의 힘을 알 수 있고, 시간이 흘러야 사람의 마음을 알 수 있다."는 말이 있듯 사람의 진면목은 시간이 쌓여야 알 수 있는 법이란다. 다양한 친구들과 시간을 함께 나누면서 평생지기를 만들어 갈 수 있다면, 너희의 삶은 좀 더 행복해질 거야.

"정취를 느끼기 위해 많은 것이 필요한 것은 아니니,
작은 연못이나 조그마한 돌에도 안개와 노을이 깃든다.
경치를 즐기기 위해 먼 데까지 갈 필요는 없으니,
쑥으로 얽은 창과 대나무로 이은 집에도 바람과 달빛이 넉넉하다."

－『채근담』

네 번째
편지

돈이 많아야
행복하다 믿는
너희에게

돈에
속지 마라

사랑하는 애들아!

요즘 아이들에게 그리고 싶은 것을 그리라고 하면 빼놓지 않고 등장하는 게 뭔지 알고 있니? 바로 돈이란다. 정말 놀랍지? 설마 선생님만 놀란 거 아니지? 하고많은 것 중에서 돈을 그린 이유가 궁금해서 물어보면, "돈이 좋아서요." "돈으로는 무엇이든 할 수 있잖아요."라고들 대답하더구나. 이런 것을 보면 돈이라는 것이 어른뿐만 아니라 너희의 삶에도 깊숙이 들어와 떼려야 뗄 수 없는 존재가 되었다는 생각이 든단다.

돈으로 살 수 없는 것이 점점 없어지고 돈이 도깨비의 요술방망이처럼 만능이 되어 가는 시대에 돈을 싫어할 사람은 아마 없을 거야. 너희에게 바른 가르침을 줘야 할 선생님 역시 때때로 흔들릴 만큼 돈의 유혹은 정말 강력하단다.

하지만 얘들아, 돈이 너희에게 많은 것을 가져다줄지라도 돈의 노예가 되지는 않기를 바란다. 돈을 좇는 인생만큼 불행한 인생도 없거든. 돈에 대한 바른 안목을 가지고 돈에 지배당하는 삶이 아닌 돈을 지배하는 삶을 살았으면 좋겠구나.

이를 위해서 가장 먼저 알아 둬야 할 것이 있단다. 바로 돈과 행복은 상관관계가 없다는 거야. 많은 사람이 돈이 많으면 행복할 것이라 여기고, 더 많은 돈을 벌기 위해 혈안이 되어 살아간다고 해도 과언이 아니야. 하지만 돈과 행복은 정비례하지 않아. "풀로 엮은 집에서 큰일 없이 사는 것이 금으로 칠한 집에서 큰일 치르며 사는 것보다 낫다."는 『명심보감』의 구절이나 "육선(고기반찬)이 가득한 집에서 싸우고 사는 것보다 광야에서 혼자 사는 것이 낫다."는 『성경』의 구절도 이를 잘 말해 주고 있단다.

근심 많은 부자보다 근심 없는 가난한 사람이 더 행복하다는 구절이 너희의 가슴에도 와 닿을지 모르겠구나. 실제로 돈과 행복의 상관관계를 연구한 결과들을 보면 신기하고도 재미있단다. 연구 결과에 의하면 어느 정도까지는 돈이 많아질수록 행복감도 같이 높아지는 모습을 보인다고 해. 하지만 어느 일정 수준 이상이 되면 돈이 많아지는 것과 행복감과는 아무런 관련이 없다는 거야.

여기서 돈과 행복은 비례하지 않는다는 말이 돈을 무작정 부정하라는 의미는 아니야. 돈을 좇느니 가난을 선택하라는 의미도 아니지. 자본주의 시대에서 돈은 삶을 윤택하게 하고 영위하게 해주는 귀중한 수단임에는 분명해. 당연히 무작정 배척해서도 안 돼. 돈을 초월해서 살 수 없으므로 돈을 벌고 늘리는 데 관심을 가져야 해. 다만 선생님이 여기서 하고 싶은 말은 사람들은 굶주리고 추운 것만이 근심인 줄 알지만, 굶주림도 추위도 없는 부자들이 더 큰 근심을 가지고 살아갈 수 있다는 거야. 이를 깨달았으면 하는 거란다.

돈에 관심을 갖되 돈을 사랑해서는 안 되는 거지. 돈에 대한 관심이 지나쳐 돈을 사랑하게 되고 다른 어떤 가치보다 돈을 우선하게 되면 삶이 조금씩 무너질 수 있단다. "돈을 사랑하는 것은 일만 악의 뿌리"라는 『성경』의 구절처럼 돈의 위험성을 인지하여, 돈에 끌려다니기보다 돈의 주인이 되어야 해. 돈은 삶을 영위하기 위해 필요한 요소로서, 이용히는 대상이지 목적이 되어서는 안 된단다.

혹시 나도향이라는 소설가를 아니? 『벙어리 삼룡이』, 『물레방아』와 같은 주옥같은 단편 소설을 쓴 천재 작가란다. 폐병으로 25세의 젊은 나이에 죽었지만, 그가 남긴 작품 중 『벙어리 삼룡이』는 한국 근대문학사상 가장 우수한 단편 소설 중의 하나로 평가받고 있어. 그가 쓴 소설 중 『물레방아』라는 소설은 돈으로 인해 사람의 삶이 얼마나 비극적으로 끝날 수 있는지를 여실히 보여 준단다.

이 작품의 대강의 줄거리는 다음과 같아.

주인공 이방원은 지주인 신치규의 집에서 예쁜 아내와 같이 더부살이를 하는 가난한 사람이다. 마을에서 가장 부자이자 권력가인 신치규는 자기 집 문간방에 사는 이방원의 아내에게 눈독을 들인다. 오십 줄에 들어선 그는 이제 갓 스물을 넘긴 이방원의 아내를 물레방앗간 옆으로 불러내어 갖은 말로 꾄다. 그에게로 와서 아들 하나만 낳아 주면 호강시켜 줄 뿐 아니라 자신의 모든 재산이 그녀의 것이 될 것이라며 유혹한다. 이에 윤리 의식도 희박한데다 재산에 눈이 먼 그녀는 신치규의 유혹에 넘어가고 만다.

두 사람이 물레방앗간에서 같이 나오는 것을 목격한 이방원은 두 사람의 불륜 관계를 짐작하고 신치규를 폭행한다. 이로 인해 이방원은 결국 구속되어 석 달간 감방살이를 하게 되고, 그 사이 신치규는 이방원의 아내를 차지하고 같이 살게 된다. 출감한 이방원은 이를 보고 다시 아내를 찾아 함께 살자고 강권하지만 아내의 완강한 거부에 부딪힌다. 이에 흥분한 이방원은 돈이 뭐냐고 울부짖으면서 자신의 아내를 살해한 뒤 자신도 자결하고 만다.

이 작품에서 갈등의 시작이자 핵심은 바로 돈이라고 할 수 있어. 가난했던 이방원의 아내가 돈이 아닌 부부의 도리를 선택했다면 신치규의 꾐에 빠지지도 않았을 것이고, 비극의 신호탄이 울리지도 않았을 거야. 하지만 안타깝게도 이방원의 아내는 돈을 무엇보다 중요하게 여겼고,

그로 인해 자기와 자기 남편을 죽음으로 몰고 가는 빌미를 제공하고 말 았단다.

세상에는 신치규 같은 사람들이 매우 많아. 그들은 하나같이 자신의 돈을 이용해서 사람들을 이용하고 죄악의 길로 꾀어 결국 사람을 파멸로 이끌어. 이런 사람들의 꾐에 빠지지 않기 위해서는 돈에 대한 올바른 생각을 가지고 있어야 하지.

그런데 그게 말처럼 쉽지만은 않단다. 한 설문조사의 결과를 보니 너희가 어른들보다 돈과 명예에 대해 더 중요하게 생각하는 것으로 드러나기도 했어. 어른으로서 참으로 씁쓸한 결과지. 요즘처럼 즐길거리, 볼거리, 먹거리가 많은 시대에 돈은 옛날보다 더 필수적인 요소가 되어 버렸고, 상대적인 빈곤감까지 부추기고 있으니 어쩌면 당연한 결과일지도 모르겠다.

분명한 것은 너희는 우리 어른들의 삶보다 더 다양하고 새로운 내일을 만들어 갈 수 있다는 거야. 하지만 '돈'이 중심이 될 때 그 내일은 한정되고 갇히게 된다는 걸 잊지 마렴. 너희의 미래를 미리 한정하지도, 더 가지지 못한 것을 안타까워하지도, 가난해지는 것을 너무 두려워하지도 않기를 바라. 옛말에 "나물 뿌리를 먹는 가난한 생활을 견뎌 낼 수 있는 사람이라면 무슨 일도 할 수 있을 것이다."라는 말이 있단다. 가난을 두려워하지 않는다면 무슨 일이든 못하겠니? 가난은 이겨내야 할 대상이지, 결코 두려워하거나 부끄러워할 대상은 아니란다.

부자로 살고 싶어 하는 얘들아!

선생님은 너희가 부유하게 살기를 바란다. 하지만 인생은 어떻게 될지 아무도 모르며 아무리 부자라 해도 어느 한순간 가난의 한복판에 놓이게 될 수도 있어. 돈을 좇는다고 하여, 돈을 최우선으로 여긴다고 하여 가난이 멀어지는 것은 아니야. 오히려 돈만을 좇으며 살면 작은 위기가 찾아왔을 때 쉽게 무너지거나 나쁜 길로 빠져들기 쉽단다. 그러니 너희는 돈에 의해 좌우되는 삶이 아닌 돈을 다스리는 삶을 살았으면 좋겠구나.

행복은
어디에서 구할 수 있을까

　　　　　　　　　사랑하는 얘들아!

"니희에게 행복이란 무엇이니? 니희가 인생을 살아가는 목적은 무엇

이니?" 뜬금없는 질문에 당황스러울지도 모르겠다. 고대 그리스 철학자

중 플라톤의 제자이자 알렉산드로스 대왕의 스승으로 유명한 아리스토

텔레스는 이렇게 말했단다.

　"행복은 삶의 의미이며 목적이고 인간 존재의 궁극적 목표이고 지향점

　이다."

너희는 이 말에 얼마나 공감하니? 아마 많은 친구가 공감할 것이라 생

각해. 선생님도 인생의 궁극적인 목적이 행복이라는 것에 토를 달고 싶지는 않단다. 인간이 열심히 공부하고, 돈을 벌고, 무엇인가를 이루고자 하는 것은 결국 행복해지기 위해서일 테니까. 우리들이 '돈'을 점점 중요시 여기게 된 것은 물질주의 시대에 가장 쉽게 행복을 가져다줄 수단으로 생각되기 때문이야. 사실 따지고 보면 우리가 하는 행동의 목적은 대부분 행복해지기 위해서라고 생각해. 선생님이 너희에게 이런 글을 남기는 것도 결국 선생님의 행복을 위해서인 거지. 이 글들이 막막한 내일을 걱정하는 너희에게 길잡이가 되어 주고, 이로써 너희가 행복해진다면 선생님도 행복해지기 때문이야.

그런데 여기서 이런 의문이 든단다. 행복이란 무엇일까? 우리는 행복해지기 위해 살아가면서도 정작 '행복이란 무엇일까?'와 같은 원초적인 질문은 거의 하지 않는 듯해. 너희에게 행복은 무엇이니? 공부 잘하는 것, 멋진 남자친구(예쁜 여자친구)가 생기는 것, 내가 원하는 것을 모두 가지는 것 등등 다양한 대답이 나올 것 같구나.

행복이란 과연 무엇일까?

선생님도 스스로에게 자주 묻곤 하는 질문이지만, 딱히 한마디로 정의하기는 어렵더구나. 행복이란 정의를 사전에서 찾아보니 '욕구가 충족되어 충분한 만족과 기쁨을 느끼는 상태'라고 해. 어느 정도 맞는 말이지. 그런데 행복이 무엇이란 걸 안다고 해서 사람이 행복해지는 것은 전혀 아닌 듯해. 결국 행복의 원천을 알아야 하는 게 아닐까? 행복이 어디에 있는지를 알아야 그것을 찾아서 내 것으로 만들 수 있는 게 아닐까? 그래야 행복한 인생을 살아갈 확률이 높아지는 게 아닐까? 그렇다면 너희는 행복이 어디에 있는 것 같니?

"인간은 생각하는 갈대"라는 유명한 말을 남긴 철학자 파스칼은 행복에 대해 다음과 같은 말을 남겼단다.

> "행복도 불행도 모두 자신에게서 비롯된다. 불행의 원인은 늘 내 자신에게 있다. 몸이 굽으니 그림자도 굽는다. 어떻게 그림자가 굽은 것을 탓할 수 있겠는가?"

파스칼은 행복과 불행이 인간 밖 그 무엇인가에 존재하는 것이 아니라 인간 안에 존재한다고 했어. 선생님 생각도 파스칼의 생각과 같아. 우리 안에 행복을 만들 수 있는 재료와 힘을 가지고 있다고 생각하거든. 그런데 우리는 엉뚱한 곳에서 행복을 찾아 기웃거리고 있는 것 같아. 돈, 권력, 명예와 같은 것에 기웃거리면서 거기에서 진정한 행복을 찾으려고 하는 거지. 앞에서 돈과 행복은 아무런 상관관계가 없다고 말했듯이, 이런 것들은 언뜻 보기에 행복을 가져다주는 것처럼 보이지만 행복 유사품에 불과하단다.

너희에게 이 말을 꼭 해주고 싶구나. "행복 유사품에 속지 말라고." 행복은 너희 안에 있단다. 엉뚱한 곳에서 찾으며 배회하지 않았으면 해. 행복은 이 세상 어느 곳도 아닌 네 마음에 있으며, 네가 마음먹기에 따라 행복해질 수도 있고 불행해질 수도 있다는 걸 기억하렴.

금은보화를 가진 사람과 가난한 농부, 둘 중 누가 더 행복할까? 선불리 예측할 수는 없단다. 행복이란 객관적인 기준과 잣대로 측정할 수 있는 게 아니기 때문이지. 무엇보다 행복은 관계에서 온단다. 금은보화를 가졌지만 주변에 아무도 없는 부자와, 가난하지만 그를 아끼고 사랑하는 사람들에 둘러싸인 농부, 누가 더 행복할까? 아마 후자의 사람이 더 행복하지 않을까? 행복은 좋은 관계에서 비롯되는 것이기 때문이야.

요즘 학교 다니는 것이 행복하다는 친구가 있다면, 아마 가장 큰 이유는 학교 친구들과의 관계가 좋기 때문이 아닐까? 비록 예전보다 성적이 떨어졌을지라도 친구와 사이가 좋으면 학교 다니는 것이 그렇게 우울하지 않을 거야. 친구에게 위로받으면서 우울했던 마음을 치유하고 그 자리를 행복감으로 채우기 때문이지.

관계는 행복이 솟아나는 샘물과도 같단다. 부모님과의 관계, 친구들과의 관계, 연인과의 관계 등 이런 관계들은 인생을 행복하게 만들어 주는 샘물과도 같아. 물론 성적, 돈, 인기와 같은 것들을 통해서도 행복을 느낄 수 있지만, 관계가 전제되지 않을 때 느낄 수 있는 행복은 그리 크지 않으며 금세 사라지고 말아. 또한 이런 것들을 통해 행복을 느낄 경우 그것이 사라졌을 때 심한 좌절을 겪게 되지. 성공이 이미 보장되어 보이는 명문대생들이 공부에 대한 부담감, 미래에 대한 압박으로 자살하는

돈, 성적, 인기와 같은 것들을 통해서도
행복을 느낄 수 있지만,
이것들은 행복 유사품에 불과하단다.
진정한 행복은 너희 안에 있어.

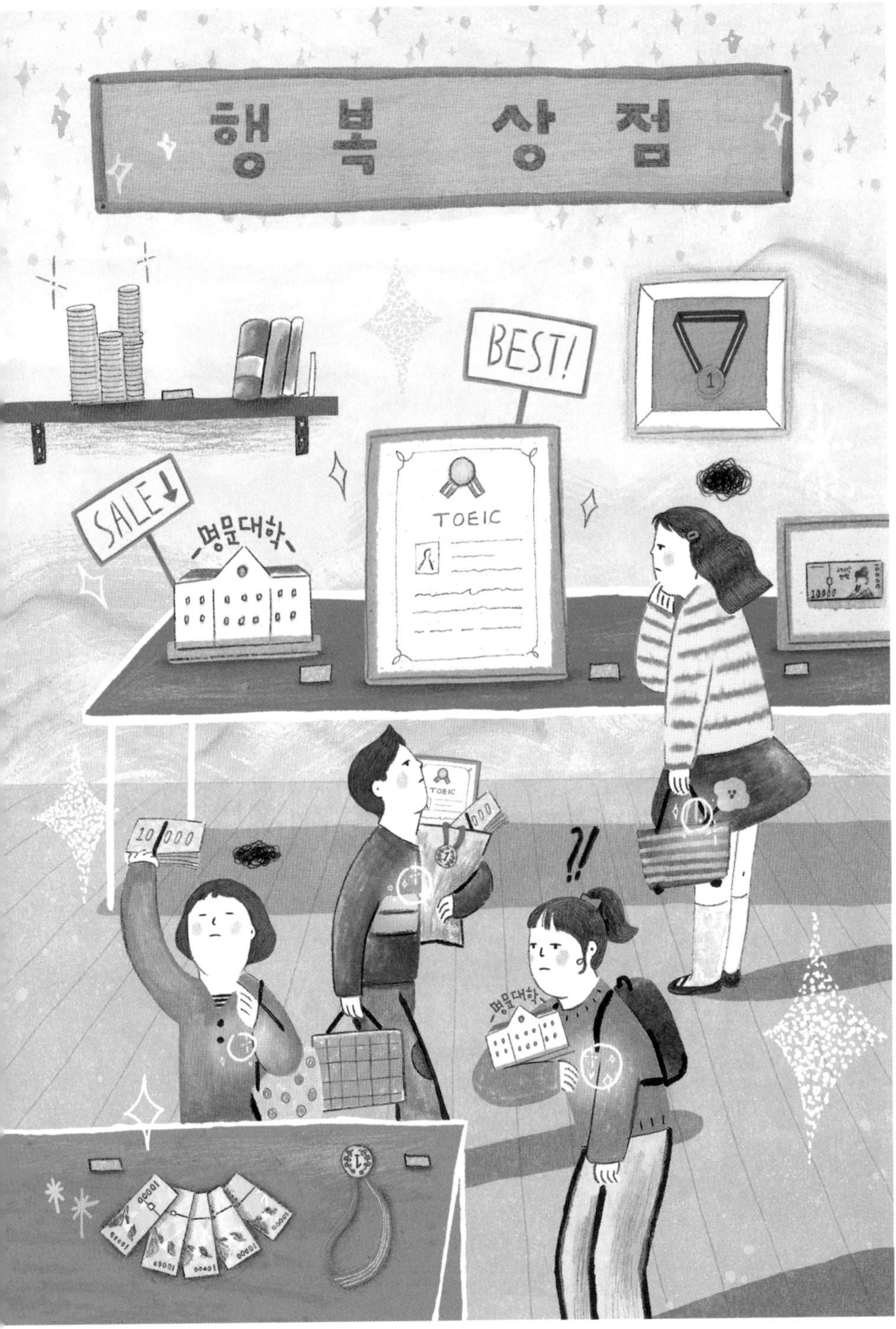

행복 상점
BEST!
SALE
명문대학
TOEIC
10000
명문대학

기사들을 너희도 보았을 거야. 그러므로 너희에게 행복을 가져다줄 것처럼 보이는 외부 조건들에 치중하기보다는 네 주변 사람들과 너희의 마음을 살피렴. 그 순간 행복은 너희 곁에 한 걸음 더 다가올 거야.

지금 이 순간 행복해야
내일도 행복하다

사랑하는 애들아!

철학자 로버트 인젠솔은 "행복을 즐겨야 하는 시간은 지금이다. 행복을 즐겨야 할 장소는 여기다."라는 말을 남겼단다. '지금 여기(here & now)'에서 행복을 느끼지 못한다면, 어쩌면 평생 행복을 느끼지 못할지도 모른다는 거지. 다시 말해 지금은 비록 행복하지 않지만 나중에는 꼭 행복해질 거라는 생각은 잘못되었다는 거야. 우리는 때로 '대학만 들어가면 행복해질 거야.' '살만 빼면 행복해질 거야.' 하고 생각하잖아.

그런데 과연 그럴까?

실제로 행복은 먼 미래 어딘가에 존재하는 것이 아니야. 바로 지금의 삶에서 행복을 찾아 느낄 수 있는 사람만이 행복을 누릴 자격이 있고 행복한 인생을 살아갈 수 있단다. 그러니 내일을 위해 오늘을 희생하기보다, 지금 갖고 있지 않은 것에 불행해하기보다 너희가 처해 있는 환경에서 행복해질 수 있는 방법을 먼저 찾을 수 있어야 해. 그리고 이를 위해서는 무엇보다 욕심을 먼저 버려야 하지. 『명심보감』에서는 이렇게 말하고 있단다.

> "만족할 줄 아는 사람은 가난하고 비천해도 즐겁게 살고, 만족할 줄 모르는 사람은 부유하고 고귀해도 근심스럽게 산다." -『명심보감』 안분 (安分)

행복의 사전적 의미를 '욕구가 충족되어 충분한 만족과 기쁨을 느끼는 상태'라고 앞에서 말했던 거 기억하니? 사전에서는 행복의 기본 전제를 욕구가 충족된 상태로 언급하고 있지만, 선생님은 사람의 욕구란 충족될 수 없다고 생각해. 일등을 하는 친구가 자신의 성적에 만족하는 것을 본 적 있니? 돈이 많은 사람이 자신의 재산에 만족하는 것을 본 적이 있니? 이렇듯 사람의 욕구란 끝이 없는 법이야. 99개를 가진 사람은 자신이 갖지 못한 1개를 가진 사람을 부러워하기 마련이란다.

즉 욕구가 충족되어 충만한 만족과 기쁨을 느끼기 위해서는 욕심을 버리고 자신이 현재 가진 것에 만족할 수 있어야 해. 하나를 채우는 것으로 끝나는 것이 아니라, 끊임없이 밀려오는 파도처럼 욕심의 파도는 끝도 없이 밀려오는 법이거든.

사람의 욕심이 얼마나 제어하기 어려운지, 또 욕심으로 인해 사람의 인생이 얼마나 비참해질 수 있는지를 보여 주는 작품이 바로 톨스토이의 『사람에겐 얼마만큼의 땅이 필요한가』라는 단편 소설이야. 톨스토이는 러시아 문학의 거장으로서『전쟁과 평화』, 『부활』과 같은 장편 소설을 비롯하여『사람은 무엇으로 사는가』, 『바보 이반』과 같은 단편 소설도 장편 못지않은 호평을 받았어. 그중『사람에겐 얼마만큼의 땅이 필요한가』라는 단편은 그의 인간에 대한 깊은 통찰력을 유감없이 보여 주는 작품이지. 그 작품의 줄거리는 다음과 같아.

소작농 바흠은 열심히 농사를 짓고 사는 농부다. 그는 언제나 땅이 적은 것을 아쉬워했고, 원하는 땅을 가진다면 그 누구도 부러워하거나 두려워하지 않을 거라고 고백한다. 심지어 악마까지도 말이다.

성실히 일을 하여 조금씩 땅을 늘려가던 그는 더 많은 땅을 싸게 살 수 있는 곳을 찾아 이곳저곳 옮겨 다녔다. 그러던 어느 날 한 상인으로부터 뜻밖의 소식을 듣게 된다. 바슈키르라는 지역이 있는데, 아주 싼 값에 땅을 많이 살 수 있다는 것이다.

그는 바로 가산을 정리해서 바슈키르 사람들의 마을을 찾아갔다. 그는 그곳 촌장과 만나 땅을 매매하고자 하였다. 그런데 바슈키르 사람들의 계약은 독특했다. 하루 동안 돌아다닌 땅의 크기만큼 모두 가지는 조건으로 1000루블만 내면 되는 것이었다. 단 해가 질 때까지 출발 지점으로 돌아오지 못하면 땅을 하나도 얻을 수 없었다. 거의 공짜나 다름없는 계약을 하고 난 바흠은 벅찬 감격으로 밤을 지샜다. 바흠은 동이 트자마자 괴나리봇짐을 메고 길을 떠났다.

바흠은 처음에는 가벼운 발걸음으로 출발했다. 하지만 가면 갈수록 점점 더 좋아 보이는 땅들을 보면서 '조금만 더 조금만 더' 하는 마음에 멈추지 않고 계속 전진해 나갔다. 잠시 동안의 휴식 시간이나 물 마실 시간조차도 아까워 어쩔 줄 몰랐다. 숨이 턱밑까지 차올랐지만 조금만 참으면 인생이 달라질 수 있다는 생각에 걷고 또 걸었다.

그러다 문득 정신을 차려보니 해가 어느덧 서산을 향해 기울어 가고 있었다. 깜짝 놀란 바흠은 그제야 발걸음을 돌려 출발선을 향해 뛰어가기 시작했다. 까딱 잘못했다가는 땅을 하나도 얻지 못할지도 모른다는 생각이 들자 마음은 점점 급해졌고, 그러면 그럴수록 몸은 더욱 말을 듣지 않았다.

바흠은 지는 해를 바라보며 젖 먹던 힘을 다해 달리고 또 달렸다. 그리고 마침내 해가 서산마루를 막 넘어가려는 순간 가까스로 출발선 위에 가슴을 쥐며 쓰러졌다. 그러자 애타게 그를 기다리던 가족들과 바슈키르 사람들은 환호성을 지르며 그의 성공을 축하했다. 하인들은 넘어진 바흠을 일으켜 세우려 그를 향해 고개를 숙였다. 그러나 바흠은 이미 피를 토하고 죽어 있었다.

그리고 이 작품의 마지막은 이렇게 끝난단다.

바슈키르 사람들은 혀를 차며 안타까움을 표시했다. 바흠의 하인은 가
래를 집어 들고 그가 들어갈 만한 크기의 무덤을 팠다. 그리고 그를 묻
었다. 그가 묻힌 머리에서 발끝까지 6피트의 공간이 그에게 필요한 땅
의 전부였다.

짧은 이야기지만 많은 것을 생각하게 하는 작품이야. 너희도 기회가
되면 꼭 한번 읽어 보렴. 이 작품의 주인공인 바흠은 땅을 거의 공짜로
주겠다는 바슈키르 사람들을 정말 어리석은 바보라고 생각했어. 하지만
바슈키르 사람들은 바흠이 자기의 욕심 때문에 땅을 차지하지도 못하고
죽을 거라는 사실을 이미 알고 있었어. 자신의 욕심을 보지 못한 바흠보
다 인간의 욕심을 꿰뚫어 본 바슈키르 사람들이 훨씬 더 지혜롭다는 생
각이 드는구나. 이 작품을 보면서 『명심보감』에 나온 다음 구절이 생각났
단다.

"만족할 줄 알아서 늘 만족하며 사는 사람은 평생토록 욕된 일을 당하지
않고, 그칠 줄 알아서 늘 어느 정도에서 그치며 사는 사람은 평생토록 부
끄러운 일을 당하지 않는다." -『명심보감』 안분(安分)

이 구절에서 말하듯, 인생을 만족하게 살며 부끄러운 일을 당하지 않는 첫걸음은 바로 욕심을 적당한 선에서 내려놓고 현실에 만족하는 거란다. 행복은 좋은 성적, 높은 인기처럼 성취의 결과물이기도 하지만, 행복하기 때문에 그러한 성취들이 따라오는 경우도 많음을 꼭 기억하렴.

행복의
세 가지 양념

사랑하는 애들아!

『탈무드』란 책을 읽어 봤니? 아마 대부분 읽어 봤을 거야. 유대인들의 경전이라 할 수 있는 『탈무드』는 무려 5000년 가까이 전해져 내려오고 있단다. 다 읽으려면 7년이 걸린다고 하니, 실로 어마어마한 지혜를 담고 있는 책이지. 우리 동양에도 이에 필적할 만한 책이 있어. 바로 『채근담』이야. 앞에서도 여러 번 소개했는데, 중국 명나라 말기 홍자성이란 사람이 쓴 책으로 어느 고전보다 쉽게 인생의 참뜻과 지혜로운 삶의 자세를 알려 주고 있어. 전집과 후집으로 나뉘는데, 후집은 종교색이 짙어 좀 그렇지만 전집은 꼭 한번 읽어 보렴. 선생님이 이 책을 이렇게 구구절절 설명하는 이유는 이 책을 통해 '행복하게 살아가는 방법'을 깨달았기 때문이야.

"좁은 길에서는 한 걸음 양보하여 다른 사람을 먼저 가게 하고, 맛있는 음식은 조금 덜어 다른 사람들에게 맛보게 하라. 바로 이것이 세상을 살아가는 가장 편안하고 즐거운 방법 중의 하나다." -『채근담』

선생님은 이 구절을 읽으면서 행복하게 사는 방법이 그렇게 어렵고 까다로운 것이 아니라는 생각을 하게 되었단다. 우리는 보통 행복하게 사는 방법이란 뭔가 거창할 것이라고 생각하잖아. 하지만 실상은 매우 사소한 것을 실천함으로써 행복하게 살 수 있는 거지.

행복이란 멀리 있는 것이 아니며, 행복하게 사는 방법 또한 어려운 것이 아니야. 위의 구절에서 말하는 것처럼 작은 배려를 통해서도 충분히 행복해질 수 있어. 다른 사람에게 길을 먼저 양보하고, 맛있는 음식을 나눠 주는 아주 작은 배려만으로도 충분해. 그런데 정말 이러한 걸로 행복해질 수 있을지 의문이 생길 거야. 사실 아주 작고 사소해 보이지만 정말 어려운 일이 배려와 양보란다.

『채근담』에서는 행복에 관해 이렇게 말해.

"정취를 느끼기 위해 많은 것이 필요한 것은 아니니, 작은 연못이나 조그마한 돌에도 안개와 노을이 깃든다. 경치를 즐기기 위해 먼 데까지 갈 필

116

요는 없으니, 쑥으로 얽은 창과 대나무로 이은 집에도 바람과 달빛이 넉넉하다." —『채근담』

사소한 것으로도 충분히 즐길 수 있고 만족할 수 있다는 뜻이야. 꼭 에베레스트 산, 설악산처럼 거대한 산을 봐야 풍경을 즐길 수 있는 건 아니라는 거지. 무심코 지나치는 길가에 핀 작은 들꽃을 보면서도 무한한 행복을 느낄 수 있고, 내 뺨을 스치는 아주 작은 바람 한 자락에서도 행복을 느낄 수 있단다. 선생님은 이런 작은 것에서 행복을 발견할 수 있는 사람이 진정 행복을 누리면서 살아갈 수 있다고 생각해. 우리의 삶은 일상의 반복이기 때문에 일상에서 행복을 찾을 수 있다면 삶이 좀 더 행복해질 거야. 오늘부터 주변의 사소한 삶 속에서 행복을 찾아보렴. 그 사소함 속에서 행복을 발견하지 못하는 사람은 아무리 대단한 일이 일어나도 행복을 느낄 수가 없단다. "오늘 내가 누리는 일상은 어제 죽은 사람이 그렇게 살고 싶어 했던 하루"라는 명언을 명심하면서 살아간다면, 하루하루가 새롭고 소중해 보일 거야.

행복은 누가 가져다주는 것이 아니란다. 내가 얻고자 해야 가질 수 있는 거야. 이를 위해 감사하는 것만큼 좋은 방법은 없어. 감사는 인생의 어떤 순간에서도 행복을 만들어 내는 마법의 가루와도 같아. 아무리 어렵고 힘든 순간에도 감사하다라는 말을 계속 되뇌어 보렴. 그러면 우울하고 짜증났던 마음이 조금씩 사라지고 그 자리에 희망이 자리 잡고 있

무심코 지나치는 길가에 핀 작은 들꽃을 보면서도

행복을 느낄 수 있고,

내 뺨을 스치는 바람 한 자락에서도 행복을 느낄 수 있단다.

이처럼 일상에서 행복을 찾을 수 있다면

삶이 좀 더 행복해질 거야.

우리의 삶은 일상의 반복이거든.

는 것을 발견하게 될 거야. 그러니 매사에 감사하는 사람은 긍정적일 수밖에 없고, 그런 사람 주변에는 사람이 모일 수밖에 없겠지.

2013년 〈포브스〉가 선정한 세계에서 가장 영향력 있는 인물 100인 중에 한 명이자, 미국 연예인들 중 가장 높은 연봉을 자랑하는 오프라 윈프리가 성공할 수 있었던 비결도 바로 감사의 힘이라고 해. 그녀의 이야기는 워낙 유명해서 모르는 사람이 없을 거야. 사생아로 지독히 가난한 집에서 태어난 오프라 윈프리는 흑인이라는 핸디캡뿐만이 아니라 100킬로그램에 달할 만큼 뚱뚱한 외모를 가졌었어. 더군다나 사촌 오빠로부터 강간을 당해 열네 살이란 어린 나이에 미혼모가 되지만 2주 만에 그 아이가 죽고 마는 등 이루 다 말할 수 없는 불행한 삶을 살았단다.

이런 그녀가 지금의 오프라 윈프리로 거듭날 수 있었던 원동력이 바로 '감사'라고 해. 그녀는 잠들기 전 매일 실천하는 것이 있는데, 바로 감사일기를 쓰는 거야. 매일매일 그날 있었던 감사한 일 다섯 가지를 적는 거지. 엄청 대단한 일들이 아니라, '동료가 커피를 타주어 감사하다.' '한 동료가 다정하게 말을 건네 준 것이 감사하다.'와 같이 작은 것이라도 하루 동안 있었던 일 중에 감사했던 일들을 적는 거였어. 이 소소한 습관이 그녀의 삶을 서서히 바꾸어 놓았지.

감사하는 마음은 삶을 보다 즐겁고 행복해지게 함으로써 생각지도 못한 기적을 불러온단다. 너희도 오프라 윈프리가 체험한 기적의 삶을 경험해 보면 어떨까. 오늘부터 매일 감사하다는 말을 100번만 되뇌어 보렴.

"공부할 수 있는 책이 있어 감사합니다."

"책을 읽을 수 있는 밝은 전깃불이 있어 감사합니다."

"배불리 먹고 편히 앉아 쉴 수 있어 감사합니다."

"글씨를 마음껏 쓸 수 있는 펜과 종이가 있어 감사합니다."

이런 식으로 너희의 삶에서 감사한 일들을 찾아 되뇌어 보렴. 너희의 마음이 조금씩 밝아지고 세상이 아름다워 보일 거야. 처음에는 힘들겠지만, 이를 의식적으로 연습하는 사이 어느덧 너희도 모르게 매사에 감사함을 느끼게 될 거야. 그 순간 너희의 인생은 변화하기 시작할 거란다. 지금 이 순간을 감사할 수 있는 사람이 되렴. 그러면 너희는 지금보다 더 행복한 삶을 살 수 있을 거야.

돈에 대한
분명한 원칙을 가져라

사랑하는 애들아!

지금까지 행복에 대해 이야기해 왔어. 너희에게는 살짝 뜬구름 같은
이야기처럼 느껴졌을지 모르겠다. 특히 돈에 대한 이야기는 공감하지 못
한 친구가 많을 거야. 돈이 진정한 행복을 가져다주는 건 아니지만, 비록
가짜일지라도 삶에 충분한 만족감을 주는 수단이기 때문이지.

돈을 가까이 하면서도 돈에 끌려다니지 않고 돈 이외의 것에서 진정한
행복을 누리기 위해서는 돈과의 관계를 적절히 유지하는 지혜가 필요하
단다. 분명한 원칙을 가지고 있어야 하지. 돈이 권력이나 쾌락처럼 다른
가치와 만나면 대단히 위험해지거든. 자신의 이익을 위해 힘을 가진 사
람에게 뇌물을 주는 사건처럼 신문이나 뉴스에 나오는 기사들을 살펴보

면 이와 관련된 이야기가 많이 나와. 이런 일은 누구에게나 일어날 수 있으므로, 어렸을 때부터 분명한 원칙과 태도를 가지고 돈을 대할 수 있어야 한단다.

무엇보다 가장 첫 번째로 지녀야 할 원칙은, 바로 내 것이 아닌 돈에 절대 욕심을 갖지 않는다는 거야. 돈이 화를 불러일으키는 이유가 바로 욕심 때문이거든.

혹시 '뇌의송금雷義送金'이라는 고사성어를 아니? 뇌의라는 사람이 죽은 사람의 돈도 돌려줬다는 고사에서 비롯된 이야기인데, 너희에게 이 이야기를 들려주고 싶구나.

중국 한나라 때 뇌의라는 사람이 있었는데, 자는 중공이며 예장군 파양현 사람이었다. 처음 그 지방의 공조라는 벼슬을 했을 때, 훌륭한 사람을 잘 기용했다. 하지만 그는 그것을 자신의 공로라고 자랑하지 않았다.

한 번은 뇌의가 죽을 죄에 빠져 있던 사람의 목숨을 구한 적이 있었다. 죄인은 크게 기뻐하고 은혜에 대한 보답으로 황금 두 근을 뇌의에게 주려고 했다. 하지만 뇌의는 이것을 받지 않았다.

황금을 가지고 온 사람은 어쩔 수 없이 뇌의가 없을 때 아무에게도 알리지 않고 지붕 위에 금을 던져 놓고 돌아갔다. 그 후 지붕을 다시 깔 때 그 황금이 발견되었다. 뇌의는 그것을 황금 주인에게 돌려주려고 했으나, 그 사람은 벌써 죽어 돌려줄 수가 없었다. 그래서 뇌의는 그 황금을 그 지방 관청에 맡겼다.

뇌의는 그 후에 출세해서 황제의 기록 담당관인 시어사라는 높은 벼슬에

이르렀다. -『몽구』

죽은 사람에게까지 황금을 돌려주고자 했다니, 정말 대단하지 않니?
뇌의가 인재를 잘 기용하는 덕을 쌓고 시어사라는 높은 벼슬에 오를 수
있었던 것도 어찌 보면 다른 이의 재물을 탐내지 않는 마음 때문이 아니
었을까.

돈에 대한 두 번째 원칙은, 땀 흘려 번 돈만이 자기 돈이 된다는 거야.
유교의 대표적인 경전으로 손꼽히는 책 중에 『대학』이라는 책이 있단다.
이 책의 분량은 『논어』나 『맹자』보다 적지만, 『논어』, 『맹자』와 함께 사서
四書로 꼽히는 귀중한 책이야. 『논어』나 『맹자』가 주로 구체적인 대화나
이야기를 통해 일상생활에서의 실천을 강조하고 있다면, 『대학』은 유학
의 도덕과 형이상학을 다룬 이론서라 할 수 있어. 이 책에 다음과 같은
구절이 나온단다.

"재물이 잘못 들어오면 또한 잘못 나간다." -『대학』 전10장(傳十章)

이를 증명이라도 하는 것처럼 로또 당첨자들 중 십중팔구는 삶이 불
행해졌다고 해. 올해 일어난 일 중에 흥미로운 기사가 하나 있더구나.

124

2003년도에 무려 242억 원이라는 천문학적인 로또 당첨금을 받은 사람이 사기범으로 구속된 사건이야. 이 사람은 천문학적인 로또 당첨금을 물 쓰듯 쓰는 것으로도 모자라 주식 투자로 돈을 날리면서 5년 만에 빈털터리가 되고 말았대. 이후 다른 사람에게 사기를 치며 살아가다가 결국 철창신세를 지게 된 거지.

비단 이 한 사람만의 이야기는 아니야. 로또처럼 일확천금을 번 사람들이 대부분 불행한 삶을 살고 있다고 해. 이것만 봐도 일확천금이 얼마나 위험한지를 알 수 있겠지? 로또와 비슷하게 일확천금으로 유혹하는 것이 바로 도박이란다. 도박에 빠져든 사람 중에 성공하여 잘사는 사람을 본 적이 있니? 땀 흘려 번 돈만이 자기 돈이 된다는 사실을 꼭 기억하고 유념했으면 좋겠구나. 일확천금은 꿈으로조차 꾸어서는 안 돼.

돈에 대한 세 번째 원칙은, 돈보다는 즐거움을 선택하라는 거야. 『논어』에 다음과 같은 구절이 나온단다.

공자께서 말씀하셨다. "부가 만약 추구해서 얻을 수 있는 것이라면, 비록 채찍을 드는 천한 일이라도 나는 하겠다. 그러나 추구해서 얻을 수 없는 것이라면 내가 좋아하는 일을 하겠다." -『논어』 술이(述而)

부자가 될 수만 있다면, 공자는 채찍을 드는 일이라도 할 뜻이 있다고 말해. 여기서 채찍을 드는 일은 소나 말을 모는 낮고 천한 직업을 일컫는 말이야. 그러나 부란 그렇게 해서 얻을 수 있는 것이 아니기에 자기가 좋아하는 일을 하겠다는 거지. 공자의 지혜를 엿볼 수 있는 대목이라고 할 수 있어.

공자의 말처럼 얻고 싶다고 해서 얻을 수 있는 게 아니라면 돈을 좇기보다 자기가 좋아하는 일을 하면서 사는 것이 보다 즐겁고 현명한 행동이 아닐까? 그럼에도 여전히 많은 사람이 실체 없는 돈을 좇아 살아가고 있단다. 너희는 어떤 삶을 선택하고 싶니?

돈에 대해 마지막으로 강조하고 싶은 원칙은, 돈은 반드시 나누라는 거야. 고인 물은 썩고 냄새가 나듯이 돈도 그렇단다. 자꾸 쌓아두기만 하면 도둑이 들끓게 되고 악취가 나기 마련이야. 하지만 나누기 시작하면 항상 흐르는 샘물처럼 돈에서 향기가 나지. '돈은 돌고 도는 것'이라고 해서 돈이라는 명칭이 붙었다고 하잖니. 돈은 돌고 돌 때 가치가 생기는 법이란다. 그럼에도 사람들이 섣불리 나누지 못하는 것은, 자신의 것이 줄어들 것을 염려하기 때문이야. 하지만 나누면서 살 때 그 돈의 가치는 더욱 높아지고 삶이 보다 풍성해질 수 있어. 예를 들어 너희가 한 끼를 굶어 기부한 돈은 어려운 나라의 사람들에게 고단백 영양식과 예방 접종 등을 제공할 수 있는 돈이 되기도 해. 작은 나눔이 생명을 살리는 거지. 나눈다는 것은 바로 이런 의미란다.

소광이 말했다. "어진 사람이 재물이 많으면 그 지조를 손상하게 되고 어

126

리석은 사람이 재물이 많으면 그 허물을 더하게 된다." -『명심보감』성
심(省心) 上

『명심보감』에서는 재물이란 어진 사람조차 망가뜨린다고 경고하고 있
어. 많은 돈을 가지고 있으면 좋을 것이라 생각하겠지만, 돈은 사람의 장
점은 없애고 단점은 부각시킬 수 있음을 명심하렴.

돈은 어떻게 벌고 사용하느냐에 따라 삶의 윤활제가 될 수도 있고 삶
을 피폐하게 만들 수도 있어. 그러니 꼭 돈을 대할 때는 일정 거리를 유
지할 수 있는 지혜를 가지길 바란다.

밤하늘에 별들이 반짝이는 걸 의심할지라도,
저 하늘에 태양이 움직이는 걸 의심할지라도,
설령 진실을 거짓이라 의심할지라도,
내 사랑만은 의심하지 마시오.

　－『햄릿』

다섯 번째
편지

사랑이 궁금한

너희에게

너는 충분히
사랑스럽다

사랑하는 얘들아!

세상에서 가장 유명한 사랑이야기의 주인공인 로미오와 줄리엣이 사랑을 나눈 나이가 혹시 몇 살인지 아니? 당시 줄리엣은 고작 열네 살이었다고 해. 로미오의 나이는 명확하지 않지만 대략 열여섯 살 정도로 추정해 볼 수 있어. 우리나라 나이로는 열다섯에서 열일곱 살 사이겠지. 딱 너희 또래구나. 서양에 로미오와 줄리엣이 있다면, 우리나라에는 춘향이와 이몽룡이 있단다. 이들은 몇 살이었을까? 이몽룡의 나이는 알 수 없지만 춘향이의 나이는 열여섯 살이었다고 해. 동서양을 막론하고 애절한 사랑이야기의 주인공이 모두 10대라는 사실이 놀랍지 않니?

이렇게 말하면 이야기 속 주인공들이 너무 어린 나이에 사랑을 경험한 것은 아닌가 하는 생각이 들기도 하겠지만, 사실 사랑을 할 수 있는 나이가 정해져 있는 것은 아니잖니. 이 말에 동의하는 친구들이 많을 것 같구나. 로미오와 줄리엣, 춘향이와 이몽룡처럼 사실 지금 너희에게 가장 뜨거운 화제는 바로 사랑이 아닐까 생각해. 부모님이 CCTV처럼 일거수일투족을 감시하고 대학 입시마저 너희를 억누르고 있지만, 이런 제약들이 사라진다면 어떨까? 아마 너희 때가 가장 사랑하기 좋은 나이가 아닐까?

선생님에게는 너희 또래의 딸이 있어. 딸이 들려주는 친구들의 이야기 중 많은 비중을 차지하는 이야기가 누구와 누가 사귀었는데 사건 지 며칠이 되었고, 누구와 누가 싸워서 헤어졌다는 이야기란다. 마냥 어린 아이로만 생각했던 딸이 그리고 너희가 누군가를 사랑하고 감정을 나눌 수 있을 만큼 자랐다는 사실이 신기하기도 하고, 한편으로는 부모의 입장으로서 걱정되는 것도 사실이지.

이처럼 조금씩 사랑에 눈을 떠가는 너희에게 선생님이 꼭 해주고 싶은 이야기가 있단다. 바로 너 자신을 먼저 사랑하라는 거야. 자신을 진정으로 사랑할 수 있는 사람만이 다른 사람도 사랑할 수 있고 사랑하는 사람과도 원만하고 행복한 관계를 만들어 나갈 수 있는 법이란다.

스스로를 사랑하지 못하는 사람은 타인을 통해 자신의 존재 의미를 찾기 때문에 타인에게 기대게 마련이야. '상대방이 나를 더 이상 사랑하지 않으면 어쩌지?' 하고 신경 쓰며 이를 충족시키기 위해 애를 쓰고 상대

스스로를 사랑하지 못하는 사람은

타인을 통해 자신의 존재 의미를 찾기 때문에

타인에게 기대게 마련이야.

그런 사랑이 과연 행복할까?

누군가를 사랑하기 위해서는

무엇보다 너 자신을 먼저 사랑할 수 있어야 해.

를 구속하게 된단다. 그런 관계가 과연 오래 지속될 수 있을까? 행복한 사랑을 만들어 나갈 수 있을까? 누군가를 사랑하기 위해서는 무엇보다 너 자신을 먼저 사랑할 수 있어야 해.

선생님은 중학생 딸을 보면서 가끔씩 안타까울 때가 있단다. 예쁘게 태어나지 못한 것을 푸념하는 것만도 모자라 자신의 계란형 얼굴을 보면서 왜 내 얼굴은 계란형으로 생겼냐며 투덜거릴 때면 무슨 말을 해야 할지 모르겠더구나. V라인이 대세인 마당에 계란처럼 동글동글하니 얼굴형마저 마음에 안 든다는 거지. 살이 쪘다며 저녁을 거부할 때면 걱정부터 앞서곤 해. 선생님이 보기에는 쓰러지기 일보 직전의 여린 소녀로 보이거든. 이런 말을 하면 딸은 "그건 아빠여서 그런 거고!" 하며 어이없다는 반응을 보이지. 심지어 자신은 아담한 것이 좋다며 키가 작아졌으면 좋겠다는 말을 할 때는 황당하기까지 하단다. 선생님이 키가 작은 탓에 딸이 평균보다 크게 자라는 것을 항상 감사해하고 있는 줄도 모르고 말이야.

아름답고 사랑스러운 얘들아! 당당해지거라. 아름다움은 남이 규정지어 주는 것이 아니라 스스로 발산하는 거란다. 많은 사람이 키가 크고 얼굴이 예쁘고 날씬해야 아름답다고 생각해. 물론 이는 많은 사람이 인정하는 미의 기준이 될지는 몰라도 이런 사람만이 아름답다고는 단정할 수 없단다.

세계 역사상 미모로 이름을 떨친 인물을 꼽자면 클레오파트라를 들 수 있을 거야. 클레오파트라는 "그녀의 코가 조금만 낮았더라도 세계의 역사가 바뀌었을 것"이란 말이 나올 정도로 자타가 공인하는 용모와 자태를 지닌 미인으로 알려져 있어. 자신의 탁월한 미모를 이용해서 당대의 영웅 율리우스 카이사르와 마르쿠스 안토니우스를 자기 마음대로 조종해 가며 격동기의 왕국을 능숙하게 통치했던 여왕이기도 해.

그런데 고고학자들의 연구가 진행되면서 클레오파트라는 소문대로 그렇게 미인이 아니었다는 사실이 밝혀졌어. 오히려 얼굴은 평범했고, 키는 불과 150센티미터 남짓한 작은 키에 불과했다는 거야. 게다가 뚱뚱한 몸매에 치아도 엉망이었으며, 무엇보다 클레오파트라의 상징적인 부위인 코마저도 뾰족한 매부리코였다고 해. 당시 미의 기준이 오늘날과 달랐다고는 하지만, 세계적인 미녀로 이름을 날리기에는 한없이 부족해 보이는 것도 사실이야.

그렇다면 당대의 영웅들은 그녀의 어떤 매력에 빠져들었던 것일까? 일반인에게는 잘 알려지지 않은 여러 가지 능력이 클레오파트라에겐 있었다고 해. 클레오파트라는 그리스어뿐만 아니라 라틴어와 히브리어, 아랍어 등을 능수능란하게 구사했으며, 언변이 뛰어나 이야기를 나누다 보면 그녀의 매력에 빠져들 수밖에 없었다는 거야. 그녀는 이런 자신의 장점을 바탕으로 빛나는 자신감을 뽐내며 당대의 영웅들을 자신의 편으로 끌어들일 수 있었던 거지.

클레오파트라의 이야기에서도 알 수 있듯이 아름다움이란 어떤 객관적인 미의 기준을 갖췄을 때 나오는 것이 아니라 자신이 만들어 내는 것이라고 생각해. 사람은 누구나 자신만의 매력이 있단다. 그 매력을 극대화할 줄 아는 사람이 아름다운 사람이라고 생각해. 그리고 그런 사람이 다른 사람의 눈에도 매력적으로 보이지 않을까?

그런데 요즘 세태를 보면 미의 기준을 정해 놓고 모든 사람이 그 기준에 도달하기 위해 노력하고 있는 것만 같아. 심지어 그 기준에 들기 위해 성형 수술도 불사하는 세상이 되어 버렸지. 왜 이렇게 남들이 정해 놓은 미의 기준에 맞추려고 발버둥치는 것일까? 선생님은 이 원인이 모두 스스로 자신감이 없어서라고 생각해.

너희는 지금 클레오파트라보다 아름답단다. 못생겼던 클레오파트라는 넘치는 자신감과 재능으로 스스로를 미녀로까지 만든 사람이잖니. 다른 사람의 기준이나 시선에서 벗어나 너희 자신을 먼저 사랑하고 자신감을 가지렴. 미의 기준은 언제든지 변하기 마련이거든. 하지만 너희의 자신감에서 뿜어져 나오는 매력은 세상이 변해도 변치 않을 거야.

딸아,
치열하게 사랑할 수 있어야 한다

사랑하는 애들아!

만일 멋진 남자로부터 다음과 같은 연애편지를 받는다면 기분이 어떨
것 같니?

천사와 같은 내 영혼의 우상, 가장 어여쁜 오필리아에게

밤하늘에 별들이 반짝이는 걸 의심할지라도, 저 하늘에 태양이 움직이
는 걸 의심할지라도, 설령 진실을 거짓이라 의심할지라도, 내 사랑만
은 의심하지 마시오.

사랑하는 오필리아! 나는 시를 잘 쓰지 못한다오. 따라서 어떤 말로 이
뜨거운 가슴을 표현할 수 있겠소. 하지만 세상 어느 누구보다도 그대

를 사랑한다는 걸 믿어 주시오. 이 생명 다할 때까지 목숨처럼 사랑하
는 그대여!

그대의 영원한 종 햄릿으로부터

- 『햄릿』

이 편지는 햄릿이 사랑하는 오필리아에게 보내는 연애편지로, 셰익스
피어의 유명한 4대 비극 중 하나인 『햄릿』에 나온단다. 『햄릿』을 읽어 보
진 않았어도, 이름은 들어 다들 알고 있을 거야. 덴마크의 왕자였던 햄릿
이 자신의 아버지를 죽인 자(아버지의 동생 클로디어스)에게 복수하는 과정에
서 일어나는 비극적인 사건을 다룬 이야기지. 그런데 이런 비극적인 작
품 속에 이렇게 아름다운 연애편지가 나온다는 사실이 놀랍지 않니? 이
런 편지를 멋진 남자로부터 받은 여자의 마음은 어떨까? 아마 세상을 모
두 가진 기분이 아닐까?

살면서 남에게 사랑받고 사랑하는 것만큼 사람을 흥분시키고 행복하
게 하는 일은 없을 거야. 대문호 빅토르 위고도 "인생에서 최고의 행복은
우리가 사랑받고 있다는 확신"이라고 말했을 정도로 사랑은 우리를 행복
하게 만드는 요소임에 분명해.

혹시 우리말의 '사랑하다'의 옛말을 아니? 바로 '괴다', '고이다'야. 이
말의 뜻은 '생각하다'이지. 즉 사랑한다는 것은 누군가를 끊임없이 생각
하는 것이라고 할 수 있어. 정말 맞는 말 아니니? 누군가를 마음에 품게

되는 순간, 상대가 머릿속을 떠나지 않고 계속 맴돌잖아. 생각하지 않으려고 아무리 노력해도 그 누군가가 계속 생각나는 게 사랑의 기본적인 속성이란다.

애들아! 선생님은 너희가 오필리아처럼 멋진 남자의 사랑을 받으면서 살아가기를 간절히 기도한단다. 너희를 떠올리면 행복해지고 밥을 먹지 않아도 배부름을 느낄 정도로 누군가가 너희를 사랑한다는 생각만으로도 무척 기쁘구나. 물론 선생님의 이런 기도 없이도 너희는 자라면서 그런 남자를 무척 많이 만나게 될 거야. 선생님은 너희가 많은 사람에게 사랑받으며 살아갈 것이라 기대해.

그리고 그만큼 너희 역시 누군가를 치열하게 사랑할 수 있었으면 좋겠구나. 사랑을 하다 보면 주변 사람들의 시선이나 평가에 휘둘리기가 쉬워. "네가 아까워. 저 사람의 어디가 그리 좋니?" 이런 이야기를 듣다 보면 사람은 너무나 약한 존재인지라, 상대에 대한 마음이 흔들리게 된단다. 사랑을 하는 당사자는 바로 나 자신인데, 주변에 의해 사랑이 끝나고 마는 거야. 물론 그 남자의 성품에 대해서 걱정하는 것이라면 귀를 기울일 필요가 있어. 그렇지만 조건만을 보고 하는 이야기들은 너의 사랑을 방해할 뿐 아무런 도움이 되지 않아. 사랑이 무엇인지, 사랑은 어떻게 해야 하는 것인지 알기도 전에 세상에서 일반적으로 말하는 조건만을 따지지 않았으면 좋겠구나.

상대를 진심으로 대하고 사랑하는 여자를, 아끼지 않고 사랑하지 않을 남자는 없단다. 먼저 진짜 사랑을 해보렴. 밀당을 사랑이라고 착각해서는 안 돼. 상대의 진심을 볼 수 있는, 너희의 진심을 다 보여 줘도 좋을 남자를 만나 열정적으로 사랑을 하렴.

그리고 그런 사랑을 만났다면 너희에게 꼭 당부하고 싶은 것이 있단다. 요즘에는 방송에서도 스킨십에 대한 이야기 수위가 높아졌을 정도로, 예전에 비해 많이 개방적이고 건강해진 듯해. 하지만 선생님이자 두 딸을 둔 부모의 입장에서는 우려스러운 점이 한두 가지가 아니란다. '성 性'이 예능화되면서 너무나도 가벼워진 것 같거든. 물론 스킨십은 나쁜 행동이 아니야. 숨어서 해야 할 행위도 아니지. 하지만 스킨십에도 이것이 정당화될 수 있는 때(시기)라는 것이 있으며, 스킨십을 단순히 행위로 치부하여 밥을 먹는 행위처럼 가볍게 생각해서는 안 된단다.

스킨십은 책임이 따르는 행위이며, 진중한 사랑의 고백이야. 따라서 그 행위의 결과를 책임질 수 있어야 하지. 여기서 말하는 책임이란, 단순히 저조한 성적, 실수로 깨뜨린 그릇처럼 그 순간이 지나면 사라지는 책임이 아니야. 너희 삶을 송두리째 바꾸어 놓을 수도 있는 책임이란다. 그리고 상대가 그 책임을 함께 나눌 수 있는 남자라고 어느 누구도 장담하기 어려워. 설령 책임을 지고자 해도 책임을 질 수 없는 경우도 있어.

이렇게 말하면 너무 구시대적 발언이라고 치부해 버릴지도 모르겠다. 하지만 때때로 일부 남자들에게 여자는 단순히 성적 대상이 되기도 한단다. 누군가와의 스킨십을 훈장처럼 여겨 사방팔방 자랑하는 남자도 있어. 아직 어린 너희에게 이렇게까지 말하는 이유는 스킨십으로 인해 너희가 받을 상처를 줄여 주고 싶기 때문이야.

더군다나 성적인 단어나 표현들은 남성 중심에서 나온 것들로, 여자들을 비하하거나 단순한 성적 대상으로 여기는 것들이 많아. 이런 단어나 표현들은 너희도 모르게 의식 속에 자리 잡을 우려가 커. 스킨십의 주체는 남자이며 여자가 스킨십 이야기를 하는 것은 부끄러운 행동이라고 말이지. 그래서인지 버스나 지하철에서 치한을 만나면 피해자임에도 불구하고 여자들 쪽이 더 부끄러워하고 감추고 싶어 하는 모습을 보여.

성의 주인은 바로 너희 자신임을 꼭 명심하렴. 사랑이 무엇인지, 어떻게 하는 것인지 너희가 알고 있다면 스킨십을 사랑이라고 착각하는 일은 일어나지 않을 거야. 그리고 잘못된 스킨십으로 상처받는 일도 없겠지. 어느 누구보다 자신을 귀하게 여기는 아름답고 성숙한 여자로 자라, 인생을 주도적으로 끌고 나갔으면 좋겠구나.

아들아,
유혹에 넘어가지 말아야 한다

사랑하는 애들아!

공자는 마흔 살을 가리켜 '불혹不惑'이라고 했단다. 불혹은 말 그대로 유혹되지 않는다는 뜻이야. 즉 마흔 살이 넘으면 어떤 유혹에도 넘어가지 않는다는 거지. 하지만 선생님은 불혹의 나이를 넘었음에도 여전히 유혹에 한없이 약해지곤 한단다. 아마 공자가 마흔을 가리켜 불혹이라고 한 참뜻은 '유혹되지 않는 나이'가 아니라 '유혹에 넘어가지 않아야 할 나이'라서가 아닐까.

선생님이 이러한데, 너희는 말할 필요도 없을 거야. 공부는 해야 하는데 놀고도 싶고, 게임도 하고 싶고, 여자 친구도 사귀고 싶고……. 먹고 싶은 것도 많고, 가지고 싶은 것도 많고, 해보고 싶은 것도 많은 시기이니, 분명 지금도 헤아릴 수 없을 만큼 많은 유혹에 시달리고 있을 거야. 하지만 분명한 것은 우리 인생 가운데 끊임없이 찾아오는 이런 유혹들을 조심해야 한다는 사실이야. 그중에서도 너희가 꼭 조심해야 할 것이 있단다. 무엇이라고 생각하니? 공자는 군자가 조심해야 할 세 가지로서 다음과 같이 말했어.

"공자가 말씀하시기를 군자가 경계해야 할 세 가지가 있다. 첫째, 어릴 때는 혈기가 아직 안정되지 못하니 여색을 경계해야 한다. 둘째, 장성하면 혈기가 한창 굳세니 싸움을 경계해야 한다. 셋째, 늙으면 혈기가 이미 쇠약해지니 탐욕을 경계해야 한다." -『명심보감』정기(正己)

공자가 꼽은 세 가지는 여색(이성 관계)과 싸움과 탐욕이야. 이중에서도 너희가 특별히 새겨야 할 부분은 이성 관계라고 생각해.

선생님은『명심보감』의 이 구절을 읽을 때마다 고등학교 졸업식이 생각나곤 해. 남자고등학교를 나왔는데, 예나 지금이나 마찬가지로 당시 졸업식장은 무척 어수선했지. 게다가 졸업생들에게 축하의 말을 전하는 교장 선생님의 훈화는 참 따분하기 그지없잖아. 모두들 어서 빨리 졸업식이 끝나기만을 기다리고 있었단다. 그런데 교장 선생님이 단상에 올라오자마자 졸업생들에게 딱 한 가지만 말하겠다고 하면서, 남자로 태어나 세 가지만 조심하라고 하는 거야. 산만하던 졸업생들이 일제히 교장 선생님의 이야기에 귀를 기울이기 시작했지. 다음은 당시 교장 선생님의 훈화 내용이야.

여러분은 앞으로 인생을 살아가면서 꼭 세 가지를 조심하십시오. 첫째는 말을 조심하십시오. 생각 없이 내뱉은 말이 칼이 되어 돌아올 수 있습니다. 말을 조심해야 합니다. 특히 남을 칭찬하는 말을 많이 하십시오. 둘째는 행동을 조심하십시오. 특히 화가 날 때 행동을 조심하십시오. 끝으로 여러분이 조심해야 할 것은 바로 이성 관계입니다.

선생님을 비롯해 졸업생들의 호기심은 극에 달했단다.

여러분은 남자이기 때문에 여자에 대한 관심이 매우 높을 것입니다. 하지만 관심이 높을수록 그 관계를 조심하고 신중해야 합니다. 때때로 본능이 이성을 앞설 때도 있을 것입니다. 책임조차 질 수 없으면서 자신의 행동 하나 제어하지 못하는 한심한 남자가 되지 않길 바랍니다. 여러분이 앞으로 인생을 살아가면서 이 세 가지만 조심한다면 성공적인 인생을 살아갈 것입니다. 건투를 빕니다.

어떠니? 공자의 말과 비슷하지 않니? 교장 선생님의 훈화는 5분도 채되지 않았지만, 아주 강렬하여 아직도 생생하게 기억하고 있단다. 그리고 선생님이 대학생이 되고 사회인이 되는 동안 그때 교장 선생님이 해준 이야기에 정말 많은 공감을 하게 되었어.

사람의 성性은 어떻게 다루느냐에 따라 가장 아름다워지기도 하고 가장 추해지기도 해. 성을 다루는 가장 기본적인 자세는 조심하는 거야. 실제로 아무리 조심해도 쉽게 통제권을 벗어나는 것이 바로 '성'이거든.

또한 사람은 본능적으로 자신의 이익을 좇는 탐욕의 마음이 생겨나. 이로 인해 숱한 싸움에 휘말릴 수 있는데, 이를 피하는 방법은 자신의 말과 행동을 조심하는 거란다. 성이든, 싸움이든, 탐욕이든 조심하고 또 조심하는 방법밖에는 없어.

너희는 자라면서 무수히 많은 유혹에 흔들릴 거야. 그것이 무엇이 됐든 옳은 유혹이 아니라면 그걸 극복하기 위해 맞서 싸우기보다 피해 가는 지혜를 가지길 바라. 그것들은 싸워 이길 수 있는 것들이 아니기 때문이야. 먼저 피하고 멀리하는 것만이 유혹에 넘어가지 않는 지혜란다.

소크라테스 : "오오 행복한 크리톤,
어째서 우리는 대다수 사람들의 생각을 염려해야 하나?
우리가 염려해야 하는 것은 가장 훌륭한 사람들의 생각인데 말이야.
그리고 그 훌륭한 사람들은 무슨 일이나 행해진 대로 볼 걸세."

－『플라톤의 대화편』크리톤

여섯 번째
편지

너희가 놓치고 있는

중요한 것들

다수의 의견이
항상 옳을까?

　　　　　　사랑하는 애들아!

　선생님이 가르쳤던 성주라는 아이의 일기를 살짝 소개하려고 해. 무
슨 내용일지 궁금하지 않니?

　제목 : 다수 VS 소수

　우리는 『플라톤의 대화편』 중에서 '크리톤'을 읽고 있다. 소크라테스가
재판에서 사형 선고를 받은 후 크리톤과 나눈 대화다. 크리톤은 소크
라테스를 탈출시키려고 하지만 소크라테스는 소수의 훌륭한 사람들과
전문가들의 의견에 따라 탈출하지 않는다. 그는 대다수 사람들의 생각
보다 가장 훌륭한 몇 사람들의 생각을 우선으로 하였다.

소크라테스는 "어째서 우리는 대다수 사람들의 생각을 염려해야 하나? 우리가 염려해야 하는 것은 가장 훌륭한 사람들의 생각인데."라고 말한다. 나는 이 말이 맞다고 생각한다. 대다수 사람들의 생각이 다 옳은 것은 아니다. 훌륭한 사람들은 대부분 소수다. 그들의 의견을 따를 때 더 이롭고 옳은 게 아닐까? (후략…)

이 글을 보고 무슨 생각이 들었니? 너희보다 어린 친구가 『플라톤의 대화편』을 읽고 일기까지 쓰다니, 대단하다는 생각이 들지 않았니? 사실 이 책은 제목이 주는 선입견에 비해 대화 형식으로 기술되어 있어 쉽게 읽을 수 있단다.

선생님이 이 아이의 일기를 뜬금없이 소개한 것은 이 책을 빌려 너희와 함께 '어떤 선택을 하고 행동할 것인가?'를 고민해 보기 위해서야. 학급에서 갈등이 생겼을 때 대부분 어떻게 해결책을 모색하니? 아마 다수결의 원칙을 적용할 거야. 우리는 대부분 다수가 옳다고 판단하거나 선택한 것을 옳다고 생각하고, 자신도 그렇게 행동하기를 주저하지 않아. 특히 너희는 남들이 하는 대로 따라 하는 것이 가장 무난하다고 생각하여 고민 없이, 친구들이 하는 대로 따라가는 경향이 강해. 또래 문화가 강한 탓도 있을 거야. 무엇보다 남들의 이목을 끌지도 않고 편한 방법이기도 하지.

그런데 다수결의 원칙이 무조건 좋은 것만은 아니란다. 사실 '남들이

다 그렇게 하니까 나도 그렇게 한다'는 식의 행동 방식만큼 무책임하고 잘못된 행동 방식은 없어. 중세시대의 마녀 사냥을 떠올려 보렴. 다른 사람의 의견을 비판 없이 동조하고 따른 결과 무고한 사람들이 엄청나게 학살당했잖니.

너희는 이렇게 살지 않기를 바란다. 다수의 길을 맹목적으로 따르기보다 이를 비판하고 따져 보아 옳은 길을 따르려고 노력하렴. 물론 이렇게 살기 위해서는 특별한 용기가 필요해.

『플라톤의 대화편』 중 '크리톤'에는 젊은이들을 선동한다는 죄목 등으로 사형 선고를 받은 소크라테스가 친구인 크리톤과 나눈 대화가 담겨 있어. 이를 통해 어떻게 행동해야 할지 깨달음을 얻을 수 있단다. 일반적으로 사람은 대중이 옳다고 생각하면, 그것이 특히 자신의 이익에 유리하다면 망설임 없이 대중의 의견을 선택하는 경향이 있어. 그러나 소크라테스는 사형을 앞둔 시점에서조차 무슨 길이 옳은 길인지를 고민해.

크리톤 : "여보게 소크라테스, 제발 내 말을 듣고 지금도 늦지 않았으니 자네 목숨을 구하도록 해주게. 자네가 죽으면 내 불행은 하나만이 아니야. 나는 두 번 다시 얻을 수 없는 친구를 잃게 될뿐더러, 또한 우리를 잘 모르는 사람들은 대부분 내가 돈을 쓰면 자네 목숨을 구했을 텐데 그냥 내버려 두었다고 생각할 것일세. 그런데 친구보다 돈을 더 소중히 여겼다는 것보다 더 부끄러운 일이 있을까? 대다수의 사람들은 우리가 열심

히 원했는데, 자네 스스로 이곳을 떠나려 하지 않았다는 것을 절대로 믿지 않을 걸세."

소크라테스 : "오오 행복한 크리톤, 어째서 우리는 대다수 사람들의 생각을 염려해야 하나? 우리가 염려해야 하는 것은 가장 훌륭한 사람들의 생각인데 말이야. 그리고 그 훌륭한 사람들은 무슨 일이나 행해진 대로 볼 걸세." -『플라톤의 대화편』크리톤

이 대화는 사형 위기에 처한 소크라테스를 구하기 위해 친구 크리톤이 간수를 매수하여 소크라테스에게 탈출할 것을 권하는 장면이야. 소크라테스는 마음만 먹으면 탈출할 수 있는 상황이지. 더구나 소크라테스는 억울하게 누명을 썼으니 탈출한다 한들 누구 하나 손가락질하지 않을 게 자명했어. 이를 근거로 크리톤은 탈출할 것을 권하지만, 소크라테스는 모두의 생각보다 중요한 것은 옳은 생각을 갖고 있는 소수의 생각이라고 말하며 이를 거절해. 그리고 끝내 독배를 마시고 장렬히 최후를 맞이하지.

사실 많은 대중이 소크라테스의 탈출을 지지하고 옳다고 생각했지만, 탈출은 곧 소크라테스 스스로 자신의 죄를 인정하는 것이나 다름없었어. 소크라테스는 평소 입버릇처럼 했던 "우리는 그저 사는 것을 가장 소중하게 여길 것이 아니라 잘 사는 것을 가장 소중히 여겨야 한다."는 말을 죽음으로써 지켜낸 거야. 여기서 소크라테스가 말하는 '잘 사는 것'이란

다수의 길을 맹목적으로 따르기보다

이를 비판하고 따져 보아 옳은 길을 따르려고 노력하렴.

물론 이렇게 살기 위해서는

특별한 용기가 필요해.

결국 '아름답게 사는 것', '옳게 사는 것'을 의미한단다. 이런 삶을 추구했기에 지금까지 인류의 스승으로 추앙받고 있는 것이 아닐까?

그렇다고 해서 다수의 의견을 무시해도 된다는 것은 아니야. 선생님이 너희에게 소크라테스의 이야기를 빌려 하고 싶었던 말은 다수냐 소수냐가 아니라 무엇이 옳고 그른지 자신의 신념을 가지고 판단하여 용기 있게 살아갈 수 있는 너희가 되었으면 하는 거야. 선생님 역시 이렇게 살고자 노력하지만 용기가 부족해 안타까울 때가 많거든. 이런 삶에 대해 『성경』에서는 이렇게 말하고 있단다.

> "좁은 문으로 들어가라. 멸망으로 인도하는 문은 크고 그 길은 넓어 그 곳으로 들어가는 사람이 많다. 그러나 생명으로 인도하는 문은 좁고 그 길은 험해 그곳을 찾는 사람이 적다." - 『성경』

다수가 옳다고 말하는 길 혹은 자신에게 이익이 되는 길을 걷는 삶은 대단히 편하겠지만, 그런 삶을 의미 있는 삶이라고는 할 수 없을 거야. 물론 옳은 길은 피곤하고 힘들 수 있어. 하지만 그 길은 『성경』에서 말하듯 값진 결과가 기다리고 있을 거야. 이를 마음속 깊이 새기고 살아가렴.

말의
힘

사랑하는 애들아!

잠깐 『성경』 이야기를 하려고 해. 지금까지 선생님은 『성경』 속 지혜를 종종 소개해 왔어. 이는 기독교 교리서이기 이전에 서양 철학의 모태이며 서양 문학의 원류라고 할 수 있는 책이기 때문이야. 역사상 최고의 베스트셀러이자 스테디셀러이기도 하지. 그러니 종교의 편견을 걷어내고 들어주길 바란다. 『성경』 맨 처음에는 다음과 같은 말이 나와.

태초에 하나님께서 하늘과 땅을 창조하셨습니다. 그 땅은 형태가 없고 비어 있었으며 어둠이 깊은 물 위에 있었고, 하나님의 영은 수면 위에 움직이고 계셨습니다. 하나님께서 말씀하시기를 "빛이 있으라." 하시니 빛이 생겼습니다. -『성경』

『성경』에 따르면 하나님이 무의 세계에 "빛이 있으라." 하니 빛이 생겼다고 해. 그 이후에는 하늘과 땅과 바다를, 그다음에는 각종 식물을, 맨마지막으로 사람을 창조했는데, 그 힘이 바로 '말'이었다는 거야. 말의 힘으로 세상을 창조했다는 거지. 말의 힘이 얼마나 대단하기에 『성경』에서는 세상을 창조할 정도의 위력으로 표현한 것일까?

선생님은 매년 아이들과 함께 '욕 화분', '칭찬 화분'을 만들어 실험을 하곤 해. 똑같은 종류의 화분을 두 개 마련하여, 하나에는 욕 화분이라 써놓고 매일 욕을 하는 거야. 그리고 다른 하나의 화분에는 칭찬 화분이라 써놓고 칭찬을 해주지. 말의 힘을 직접 보여 주기 위한 실험으로, 처음 시작할 때는 아이들이 모두 반신반의한단다. 귀도 없는 화분이 무엇을 알겠느냐며 잔뜩 의심의 눈초리를 보내기도 하지. 그러면서도 신이 나서 다른 반 친구까지 불러다가 욕 화분에 욕을 쏟아놓기도 해.

그렇게 열흘 정도의 시간이 지나면 이상한 일이 벌어지기 시작한단다. 여전히 쌩쌩하게 잘 자라는 칭찬 화분과 달리 욕 화분은 점점 시들어가더니 한 달 정도 지나면 누가 보더라도 칭찬 화분과 욕 화분의 차이가 극명하게 나타나. 어느 해인가는 욕 화분이 말라 죽고 말았더구나. 처음엔 잔뜩 의심하던 아이들도 이런 결과를 직접 보고 나면 모두 깜짝 놀라워해. 듣지 못하는 식물조차 사람 말을 듣고 느낄 수 있다니, 놀랄 수밖에. 실험을 통해 직접 말의 중요성과 심각성을 깨닫고 난 아이들은 부쩍 말을 조심히 하는 모습을 보이지.

선생님 역시 매년 실험을 할 때마다 말이 가진 위력에 놀라며 무섭다는 생각을 한단다. 그리고 말을 정말 조심해야겠다고 다짐하곤 해. 『소학』에서도 이를 강권하는 내용을 살펴볼 수 있단다.

> 충정공 유안세가 사마온공을 만나서 평생토록 실천할 만한 마음을 다하고 몸가짐을 바르게 하는 요체를 물었다. 그러자 온공은 "그것은 성실함일 것"이라고 대답했다. 다시 유안세가 이를 위해 무엇을 먼저 해야 하느냐고 묻자, 온공은 "말을 함부로 하지 않는 데서 시작해야 한다."고 대답했다. -『소학』 선행(善行)

사마온공은 잘 몰라도 『자치통감』이라는 역사책 이름은 들어 봤을 거야. 『자치통감』을 지은 중국 북송시대의 유명한 학자란다. 사마온공은 인생에서 가장 중요한 것을 묻는 제자에게 바로 '말을 함부로 하지 않는 것'이라고 말해. 말을 함부로 하지 않는 것은 그만큼 중요하고 어려운 일이라는 것을 잘 말해 주고 있는 구절이지.

이는 말의 사용에 유의한다는 뜻이야. 욕 역시 마찬가지지. 요즘에는 욕이 일상화된 듯해. 너희 중에는 욕을 하지 않으면 대화 자체가 안 되는 친구들도 있을 거야. 무엇이 욕인지조차 구분을 못할 정도로 욕을 사용하는 모습을 볼 때면 선생님으로서 반성을 하게 된단다. 심지어 너희는 욕하는 것을 잘못되고 부끄러운 행동이라고 생각하기보다 자랑으로 여기는 것 같아 걱정이 돼.

어느 날 우연히 서너 명의 남자아이들이 누가 다양한 욕을 길게 이어서 말할 수 있는지 내기하는 것을 보게 되었어. 그들의 내기를 지켜보던 한 여자아이가 답답했던지 "내가 한번 해볼게."라고 하더니 정말 생전 처음 듣는 욕 30여 가지를 능숙하게 이어놓더구나. 선생님은 입이 다물어지지 않았어. 그 모습을 보던 아이들 역시 "와! 지존!"이라고 하면서 엄지손가락을 치켜 올렸지.

이 모습을 본 선생님은 무척 슬펐단다. 욕하는 것이 한낱 장난이고 놀이에 불과해진 사실이, 욕하는 것을 부끄럽게 여기지 않는 현실이 정말 서글프더구나.

"사람은 마음에 가득한 것을 입으로 말한다."라고 했단다. 욕을 하는 그 사람의 마음에는 무엇이 들어 있을까? 욕은 듣는 사람만이 아니라 하는 사람까지 더럽히는 법이야. 무엇보다 말에는 엄청난 힘이 담겨 있어. 습관처럼 "나는 왜 이 모양이지." "내가 그러면 그렇지." "잘 안 될 거야." 등등의 부정적인 말을 써왔다면, 지금 이 순간부터 조금씩 고쳐 나갈 필요가 있어.

맹자가 말하기를 "사람들이 말을 함부로 하는 것은 책임을 지지 않기 때문이다."라고 했단다. 사실은 너희의 삶으로 그 책임을 지고 있을

지도 몰라. 너희가 내뱉은 말로서 너희의 내일이 달라질 수도 있음을 꼭

명심하렴.

어긋남이 없는
인생을 살거라

 사랑하는 얘들아!

너희가 이 세상에서 가장 사랑하는 사람은 누구니? 단짝 친구, 사랑스러운 애인, 연예인 등등 다양한 사람이 떠오르겠지만, 아마도 마음 깊숙한 곳에 자리 잡고 있는 사람은 바로 부모님일 거야. 겉으로 표현하지는 못해도, 설령 무뚝뚝하게 행동한다 해도 부모님의 존재는 너희에게 가장 큰 의미이리라 생각해.

그런 부모님에게 요즘 가장 많이 하는 말이 무엇이니?

"아, 몰라." "그냥." "좀 내버려 둬. 내가 알아서 할 테니까."

혹시 이런 말들은 아니니?

선생님이 지금부터 하는 이야기는 어쩌면 너희에게 너무나도 고리타분하게 느껴질지도 모르겠다. 그런데도 이 이야기를 하는 이유는 요즘 시대처럼 '효'라는 덕목이 경시된 적이 없는 것 같아서란다. 우리보다 지혜로웠던 선현들은 인간의 덕목 중 충忠과 효孝를 최고의 덕목으로 꼽았어. 그 이유는 무엇일까?

효도를 주된 내용으로 다룬 책으로 『효경』이 있는데, 유가의 주요 경전인 십삼경十三經 중 하나란다. 십삼경 중 책 이름에 처음부터 '경經' 자를 붙인 유일한 책일 정도로 선현들은 효를 중시했어. 다른 책들은 나중에 붙었거든.

효는 동양에서만이 아니라 서양 철학의 근간이 되는 『성경』에서 역시 살펴볼 수 있단다. "불손한 자녀를 돌로 쳐 죽이라."고 말할 정도로 불효에 대해 단호하게 말하고 있어. 이 율법대로라면 세상에 돌이 남아나지 않았을 거야.

동서양 가릴 것 없이 효는 이처럼 중시되어 왔어. 너희 역시 효의 중요성을 모르지는 않을 거라고 생각해. 다만 다른 가치들에 밀려 효의 의미가 점점 퇴색되고 잊히고 있는 듯해. 그런 지금이야말로 효는 다시 한 번 생각해 봐야 하는 가치라는 생각이 들었단다.

너희는 효도가 뭐라고 생각하니? 언뜻 부모님의 말씀을 잘 듣는 것이라고 생각하기 쉬워. 물론 이것도 맞는 말이야. 하지만 이것보다 더 심오한 뜻이 있다고 생각해.

공자 시대 대부大夫라는 높은 벼슬에 있던 맹의자라는 사람이 효에 대해 공자에게 묻자 공자는 "어긋남이 없는 것이다."라고 답했다고 해. 많은 것을 내포하고 있는 대답이지. 공자의 말처럼 효란 먼저 부모의 뜻에 어긋나지 않게 행동하는 거야. 사실 효는 여기서 멈추지 않아. 효를 행하다 보면 세상에 어긋남이 없어지고 바라지거든.

아직은 부모 공경이나 효도가 피부에 와 닿지 않을 수 있어. 하지만 선생님이 간곡히 부탁하고 싶은 것은 너 자신을 위해 부모를 공경하고 효도하라는 거야.

선생님이 살면서 보니 부모님께 잘하는 사람은 그만큼 복을 받는 것 같더구나. 꽃이 핀 자리에서 열매가 맺는 것처럼 당연한 자연의 이치와도 같아. 『성경』 십계명에서도 "네 부모를 공경하라. 그리하면 네가 잘되고 장수하리라." 하고 약속한단다. 부모에게 효도하라는 것은 부모들이 대접받기 위해 만들어 놓은 굴레 같은 덕목이 아니라 실상은 자녀를 잘 되게 하려는 축복의 덕목임을 기억했으면 좋겠구나.

한 소년이 바다를 정복할 꿈을 그리면서 성장했다. 그 소년은 일평생 뱃사람으로 살아갈 것을 다짐했다. 그러던 어느 날 큰 선박회사에 취직한 소년은 마침내 먼 나라로 떠날 모든 준비를 마쳤다. 배에 자신의 짐을 모두 실은 소년은 어머니께 작별 인사를 드리러 갔다. 그때 어머니는 슬픈 표정으로 눈물을 흘리면서 아들을 향해 "너를 떠나보내는 것이 너무 괴롭구나."라고 말했다. 평소에 효심이 지극했던 그 소년은

162

어머니의 눈물을 보고 차마 외면할 수 없어 바다를 정복하고자 했던 꿈을 포기했다. 어머니는 아들의 손을 잡으며 고맙다고 말하면서 "부모를 공경하는 자녀는 복을 받는다고 했단다. 너 역시 복을 받을 것이다."라며 위로해 주었다. 그리고 훗날 거짓말처럼 이 소년은 위대한 지도자로 성장하게 되었다 .

이 이야기의 실제 주인공이 누구일까? 바로 미국을 건국한 초대 대통령 조지 워싱턴이란다. 이 예화에서 알 수 있듯이 조지 워싱턴은 위대한 정치가이기 이전에 효심 깊은 효자였어. 자신의 꿈조차도 어머니를 위해 포기할 정도로 효심이 깊었지. 너희에게 너무나도 강요하는 것만 같아 마음이 편치는 않지만, 이렇게라도 효를 강조하고 싶은 선생님의 마음을 이해해 주렴.

그렇다면 "도대체 효도는 어떻게 해야 하는 건가요?"와 같은 질문을 할지도 모르겠구나. 효도는 거창한 것이 아니란다. 아주 사소한 것부터 시작하면 돼.

선생님이 아이들과 읽고 있는 책 중 하나가 『사자소학』이라는 책인데, 이 책은 『소학』의 내용 중에 어린아이들이 실천할 만한 구절들을 따로 모아 놓은 책이야. 책 제목처럼 네 글자가 모여 하나의 의미를 전하는 구성으로, 비교적 쉬운 한자로 되어 있어 과거에는 천자문을 뗀 아이들이 읽는 책이었지. 이 책을 보면 효도와 관련된 여러 구절들이 나오는데, 그중

너 자신을 위해 부모를 공경하고 효도하렴.

부모에게 효도하라는 것은

부모들이 대접받기 위해 만들어 놓은 굴레의 덕목이 아니라,

자녀를 잘되게 하려는 축복의 덕목이란다.

에 너희가 꼭 실천하면 좋은 구절이 있어 소개하고자 해.

"부모님이 나를 부르거든 대답하고 얼른 달려가야 한다." -『사자소학』

공자는 부모가 부르면 심지어 입안에 음식이 있다 해도 뱉고 달려가라고 할 정도로 이 부분을 강조했단다. 이 정도는 아니더라도 부모님이 불렀을 때 얼른 대답하고 달려간다면 이것만으로도 대단한 공경과 존중이 아닐까. 이것만 잘해도 많은 부모가 너희를 더욱 기특하고 어여삐 여길 거라 생각해.

어려운 일이 아니라고 생각하겠지만, 너희의 하루를 돌아보렴. 부모님이 불렀을 때 너희는 달려가기는커녕 대답도 하지 않을 때가 많았을 거야. 그런데 아이러니하게도 반대로 너희가 부모님을 불렀을 때 바로 답이 돌아오지 않으면 "엄마, 내가 몇 번을 불러야 해." "내가 부르는 거 못 들었어?" 하며 짜증을 내곤 하지.

부모님이 불렀을 때 바로 대답하고 달려가는 것, 이 간단한 일이 바로 효도의 출발이란다.

"부모님이 드나드실 때는 반드시 일어서서 인사해야 한다." -『사자소학』

부모님이 외출을 하거나 외출에서 돌아왔을 때 반드시 일어서서 인사를 해야 한다는 의미란다. 어린아이도 아닌데, 너무 기본적인 이야기를 하고 있다고 생각할지도 모르겠구나. 그런데 이 기본적인 행동을 얼마나 잘 지키고 있다고 생각하니? 외출에서 돌아온 부모님이 오히려 꼼짝하지 않고 방 안에 있는 너희에게 다가가 인사를 한 적은 없니? 어렸을 때는 그렇게 잘 하던 인사도 너희는 자라면서 점점 잘 하지 않게 되는 것 같아. 너희가 집에 들어갔을 때 부모님이 반겨 주면 어떤 기분이 드니? 환영받고 있다는, 사랑받고 있다는 느낌이 들지 않니? 부모님 역시 마찬가지야.

"아빠, 다녀오셨어요?" "오늘 하루도 고생 많으셨어요."

이렇게 퇴근하여 돌아온 아빠에게 인사를 건넨다면, 아빠는 분명 엄청 기운이 날 거야.

너희가 외출하거나 외출에서 돌아올 때 역시 꼭 부모님에게 인사를 해야 해. 이는 너희가 어디에 있는지 알리는 행동이며, 너희가 안전하게 집에 왔음을 전하는 행동이란다. 너희가 대수롭지 않게 여기는 인사에는 이처럼 많은 의미가 담겨 있어.

"부모님이 나를 꾸짖으시더라도 화내지 말고 말대답하지 말라." -『사자소학』

너희에게 끝으로 권하고 싶은 덕목이란다. 가장 실천하기 어려운 덕목이자 받아들이기 힘든 덕목일지도 모르겠구나.

부모님의 질책과 잔소리는 경우에 따라 너무나 부당하게 느껴져 반발심이 생길 거야. 때로는 반복되는 이야기에 짜증이 솟구칠 수도 있지. 너희를 사랑해서, 너희를 위해 하는 소리임을 알면서도 화가 날 수도 있어. 그런데도 이런 감정을 부모님에게 그대로 드러내는 것은 옳지 않단다. 이는 너희가 부모님을 공경하고 존중하지 않는다는 표현이기 때문이야. 혹시 "우리는 의견을 말하지도 못하나요?" 하고 반문할지도 모르겠다. 하지만 학교에서 선생님에게 부당하게 혼이 나더라도 반발하지 않는 것은, 나를 가르치는 선생님에 대한 존경심 때문이 아니니?

너희에게 잔소리를 하거나 질책을 하고 싶어 하는 부모님은 없단다. 너희가 지금보다 더 잘 되었으면 하는 마음에, 인생의 선배로서 안타까운 마음에 참고 참다가 터트리는 거야. 그리고 뒤돌아서서 조금만 더 참을 걸, 이렇게까지 말할 필요는 없었는데 하며 후회하며 미안해한단다. 때때로 부모님의 꾸짖음이 부당하게 느껴질지라도 부모님의 마음을 먼저 헤아릴 줄 아는 너희가 되었으면 좋겠구나.

위에서 말한 세 가지 실천 덕목은 무척 쉬워 보이지만, 처음에는 이를 실천하기 위해 많은 노력이 필요할 거야. 그렇지만 이 덕목만 봐도 알 수 있듯이 효란 그리 어려운 것도, 거창한 것도 아니란다. 작은 실천으로도 그 마음을 충분히 전할 수 있으며, 그 행동의 보상은 너희의 삶으로 돌아올 거야.

남들이 보지 않을 때
더 조심해야 한다

사랑하는 애들아!

선생님이 너희를 가르칠 때 가장 곤란한 순간이 언제인 줄 아니? 바로 나 역시 실천하지 못하는 것을 너희에게 가르칠 때야. 선생님 역시 거짓말을 할 때가 있는지라 너희에게 정직하게 살아가라고 가르칠 때면 가슴이 뜨끔하곤 해. 심한 경우에는 선생님으로서 너희를 가르칠 자격이 없는 건 아닌지 반성할 때도 있단다. 그도 그럴 것이 선생님은 평소 내가 행하지 않고 하지 못하는 것을 너희에게 가르치는 것을 '교육'이 아닌 '사기'라고 생각해 왔기 때문이야.

그리고 정말 희한하게도 내가 하지 못하는 것을 너희에게 가르칠 때면 그것이 잘 전달되지 않는 느낌을 받곤 해. 선생님의 하루하루를 너희가 지켜보고 있는 것도 아닌데, '선생님도 실천하지 않으면서 왜 우리한 테만 하라고 해요?' 하고 항변하는 것 같아 얼굴이 화끈해지지.

이런 경험을 통해 사람의 영향력이란 겉으로 드러나는 행동이나 말이 아닌 사람들이 보지 않는 장소에서 어떻게 행동하느냐에 달린 것 같다는 생각을 하게 되었단다. 혼자만의 은밀한 시간을 어떻게 보내느냐가 그 사람의 영향력을 좌우하는 거지.

혹시 '신독愼獨'이라는 말을 들어 봤니? 신독이라는 말은 '삼갈 신愼'과 '홀로 독獨'이라는 글자가 결합된 단어인데, '혼자 있을 때 삼간다'는 뜻이야. 이에 대해 『대학』에서는 이렇게 말을 하고 있단다.

> "자신의 의지를 성실하게 한다는 것은 자신을 속이지 않는 것이다. 악을 싫어하기를 마치 악취를 싫어하듯이 하고, 선을 좋아하기를 마치 예쁜 여자를 좋아하듯이 하는 것, 이것이 스스로 만족하면서 흔쾌히 선을 행하고 악을 제거한다고 하는 의미이다. 그러므로 군자는 반드시 홀로 있을 때 신중하게 행동한다." - 『대학』 전6장(傳六章)

여기서 "그러므로 군자는 반드시 홀로 있을 때 신중하게 행동한다(故 君子 必愼其獨也, 고군자 필신기독야)."는 마지막 구절을 보면 신독이란 단어가 들어 있어. 즉 신독이란 '남이 보지 않는 곳에 혼자 있을 때에도 도리에 어긋나지 않도록 조심하여 말과 행동을 삼가는 것'을 의미해.

이 구절을 처음 읽었을 때 선생님은 절로 무릎을 쳤단다. 그동안 느껴 오던 것이 한번에 정리되고 해답을 발견한 기분이 들었기 때문이야.

보통 사람이 있을 때와 없을 때 우리의 행동은 달라지게 마련이야. 혼자 있을 때에는 남들이 알지 못할 것이라 여겨 죄를 짓거나 함부로 행동하기 쉽지. 하지만 그렇지 않아. 사방에 눈이 있으며, 오히려 남이 보지 않는 은밀한 곳만큼 잘 보이는 곳이 없다는 사실을 꼭 명심하렴.

"은밀한 곳보다 눈에 잘 띄는 곳이 없고, 미세한 일보다 분명하게 드러나는 일은 없다. 그러므로 군자는 홀로 있을 때에 신중하게 행동한다."
-『중용』 제1장(第一章)

너희가 이 구절의 참뜻을 이해하고 실천할 수만 있다면, 너희의 주변 사람들이 너희를 대하는 태도가 달라지는 것을 확인할 수 있을 거야. 거짓말 같겠지만, 자신의 본래 태도를 숨기는 사람은 자기도 모르게 태도나 말에서 묻어나게 마련이지. 자신은 몰라도 상대는 그것을 느낄 수 있으며, 작은 태도와 말을 통해 너희의 본심과 본성을 파악할 수 있단다. 겉으로 보이는 모습과 속마음이 다른 사람에게 믿음을 주고 가까이 하고 싶은 사람은 없을 거야.

시인 윤동주의 〈서시〉라는 시를 아니? 선생님이 고등학교 때 배웠던 시인데, 아직도 기억할 만큼 좋아하는 시란다. 특히 이 시의 첫 구절을 좋아해.

　　죽는 날까지 하늘을 우러러

　　한 점 부끄럼이 없기를

　　잎새에 이는 바람에도

　　나는 괴로워했다.

- 윤동주 〈서시〉 중

　아름다운 말이면서도 심오한 구절이라는 생각이 들지 않니? 이 시인이 노래한 '하늘을 우러러 한 점 부끄럼이 없는 삶'이 바로 신독을 실천하는 삶이 아닐까 싶어. 하늘을 우러러 한 점의 부끄럼도 없는 사람이 하는 말과 행동은 그 어떤 사람의 말과 행동보다 영향력이 크단다. 스스로 그러한 삶을 살고 있기 때문이지.

　원대한 꿈을 펼쳐갈 애들아, 너희 역시 다른 사람들에게 선한 영향력을 끼치면서 살아갈 수 있기를 바라. 그러기 위해서는 혼자 있을 때조차 너의 모습을 돌아볼 수 있어야 해. 너의 영향력은 혼자 있을 때의 모습에서 나온다는 사실을 꼭 기억하렴.

　『채근담』의 한 구절을 소개하며 이야기를 마무리할까 해.

　　"간이 병들면 눈이 보이지 않게 되고, 신장이 병들면 귀가 들리지 않게

혼자 있을 때에는 남들이 알지 못할 것이라 여겨

죄를 짓거나 함부로 행동하기 쉬워.

그러나 사방에 눈이 있으며,

남이 보지 않는 은밀한 곳만큼 잘 보이는 곳이 없단다.

혼자만의 은밀한 시간을 어떻게 보내느냐가

그 사람의 영향력을 좌우한다는 걸 명심하렴.

되니, 병은 사람이 보지 못하는 곳에서 생기나 한 번 발병하면 모두가 볼

수 있게 된다. 그러므로 군자가 남들이 보는 곳에서 죄를 짓지 않으려면,

먼저 아무도 모르는 곳에서부터 죄를 짓지 말아야 한다.” -『채근담』

착하게 사는 것의
의미

　　사랑하는 애들아!

　너희는 착하다고 칭찬을 하면 별로 좋아하지 않는 것 같더구나. 얼마 전 한 여자아이에게 참 착하다며 칭찬을 했더니 이렇게 반문하는 거야.

　"선생님, 제가 찌질하다는 말인가요?"

　나는 순간 놀라서 이렇게 말했지.

　"아니, 네가 착해서 칭찬한 건데……."

　그제야 그 아이는 "착하다는 말이 왠지 칭찬처럼 안 들려서요. 죄송해요." 하며 말끝을 흐리더구나.

　나중에 너희 사이에서 착하다는 말이 더 이상 칭찬의 말이 아님을 알고 나니 그 아이의 행동이 이해가 됐어. 하지만 한편으로는 착하다는 말이 더 이상 칭찬이 아닌 현실이 서글프더구나.

'착함'이란 가치의 의미가 변한 것이 아니라 그 가치를 받아들이는 너희의 생각이 바뀐 것이겠지. 너희들은 대수롭지 않게 여겨 간과하고 있지만, '착함'의 가치는 그렇게 하찮은 가치가 아니란다.

『맹자』에 보면 재미있는 에피소드가 나와. 노나라가 맹자의 제자인 악정자에게 관직을 맡기려 한다는 소식을 듣고, 맹자는 진심으로 기뻐해. 이를 이상히 여긴 제자 공손추와 맹자가 나눈 대화란다.

> 맹자: "나는 그 말을 듣고 기뻐서 잠을 잘 수가 없었네."
>
> 공손추: "악정자가 결단력이 있습니까?"
>
> 맹자: "아니다."
>
> 공손추: "그렇다면 지식과 사고가 깊습니까?"
>
> 맹자: "아니다."
>
> 공손추: "그렇다면 무엇 때문에 기뻐서 잠을 못 이루셨습니까?"
>
> 맹자: "그의 사람됨이 선을 좋아하기 때문이다."
>
> 공손추: "선을 좋아하는 것으로 충분합니까?"
>
> 맹자: "선을 좋아하면 천하를 다스리기도 충분한데, 노나라쯤이야 말해서 무엇하겠느냐?" -『맹자』고자(告子) 下

오늘날 너희에게 착하다는 의미는 나쁜 의미가 되어 버렸지만, 맹자는 착함을 천하를 다스리기에 충분한 가치라고 말하며, 최고의 가치로 역설하고 있단다. 『명심보감』에도 다음과 같은 구절이 나와.

> "착한 일은 아무리 작더라도 반드시 하고, 나쁜 일은 아무리 작더라도 결
> 코 하면 안 된다." - 『명심보감』 계선(繼善)

중국 한나라 소열황제가 죽음을 앞두고 자기 아들에게 한 이야기야. 한나라 소열황제라고 하면 낯설겠지만, 『삼국지』에 등장하는 유비라면 모두 알 거야. 유비가 바로 소열황제란다. 천하를 놓고 자웅을 겨뤘던 황제 유비가 죽을 때 자기 아들에게 유언처럼 남긴 말이 바로 "착하게 살아라."라는 말이었어.

너희는 세상 사람들처럼 착함의 가치를 간과하지 않길 바란다. 착하게 살기 위해 노력하려무나. 세상이 악해질수록 '착함'의 가치는 점점 귀해진단다.

사람은 누구나 착한 사람을 좋아하게 마련이야. 본인은 악하게 살아간다 해도 다른 사람들은 착하게 살았으면 하는 것이 인간의 본성이지. 눈이 아름다운 광경을 좋아하고, 코가 향기로운 냄새를 좋아하고, 귀가 아름다운 소리를 듣기 좋아하듯이, 사람의 마음이라면 누구나 좋아하는 것이 있는데, 그것이 바로 '착함'이야.

너희는 선생님에게 "선생님, 착하게 살면 저만 손해 봐요."라고 항변

사람은 누구나 착한 사람을 좋아하게 마련이야.

눈이 아름다운 광경을 좋아하고,

코가 향기로운 냄새를 좋아하고,

귀가 아름다운 소리를 듣기 좋아하듯이,

사람의 마음이라면 누구나 좋아하는 것이 있는데

그것이 바로 '착함'이야.

할지도 모르겠다. 하지만 그렇지 않아. 착하게 사는 것이 결코 손해 보는 일은 아니란다.

"착한 일을 하는 사람은 하늘이 복을 내리고, 나쁜 일을 하는 사람은 하늘이 재앙을 내린다." -『명심보감』 계선(繼善)

공자가 한 말로, 『명심보감』 맨 처음에 나오는 구절이지. 이 구절에 따르면 착한 일을 하는 사람에게 하늘은 반드시 복을 내린다고 했어. 빤한 이야기라고 생각할지도 모르겠다. 하지만 무수히 많은 고전에서 착하게 살 것을, 그러면 복을 받을 것을 강조하고 있단다. 서로 다른 시대의 현인들이 저마다 같은 소리를 하고 있는 거지.

그러면 착하게 살려면 어떻게 해야 하는 걸까? 숱한 고전에서 제시하는 방법은 항상 착한 일을 생각하면서 살아가라는 거야. 장자는 "하루라도 착한 일을 생각하지 않으면 온갖 나쁜 일이 저절로 생겨난다."라고 말하기도 했지. 장자의 말처럼 하루라도 착한 일을 생각하지 않으면 온갖 나쁜 생각이 떠오르게 마련이야. 사람의 마음은 동시에 두 가지 마음을 품지 못하거든. 착한 생각과 나쁜 생각을 동시에 품을 수는 없는 거지. 착한 생각을 하는 순간 나쁜 생각은 사라지고, 나쁜 생각을 하는 순간 착한 생각은 자리를 빼앗길 수밖에 없어. 이 말은 정말 매일 착한 일을 하라는 의미도 있겠지만, 무엇보다 생각부터 달라져야 한다는 뜻이야.

182

그리고 무엇보다 현명한 방법은 나쁜 일을 피하는 거란다. 공자는 "나쁜 일을 보거든 끓는 물을 만지듯이 하라."고 했어. 펄펄 끓는 물에 오래도록 손을 넣으면 어떻게 되겠니? 심한 화상을 입어 보기 싫은 흉터가 남게 되겠지? 심한 경우 목숨이 위험해질 수도 있어. 끓는 물에 닿는 순간 얼른 손을 피하듯 나쁜 일 역시 재빨리 피하는 것만큼 지혜로운 방법도 없을 거야.

지금부터라도 착하게 사는 것은 바보 같은 짓이고, 오히려 손해 보는 행동이라는 생각만이라도 바꾸어 나갈 수 있었으면 좋겠구나. 그리하여 착함의 가치를 새롭게 인지할 수 있다면 그것만으로도 충분하단다.

"다른 사람을 사랑하는데도 그가 나를 친하게 여기지 않을 경우는
자신의 사랑하는 마음을 반성해 보고, 다른 사람을 다스리는데도
다스려지지 않을 경우는 자신의 지혜를 반성해 보고, 다른 사람에게 예를 갖추어
대하는데도 그것에 상응하는 답례가 없을 경우는 자신의 공경하는 마음을
반성해 보아야 한다. 어떤 일을 하고서 바라는 결과를 얻지 못하면
모두 돌이켜 자신에게서 그 원인을 찾아야 한다.
자신의 한 몸이 바르면 천하 사람들이 다 그에게로 돌아온다."

-『맹자』이루(離婁) 上

너희에게

큰 힘이 되어 줄

지혜

세상을 변화시키는 것은
작은 일에서 시작된다

사랑하는 얘들아!

선생님의 책상에는 10년이 넘노록 한 그림이 놓여 있단다. 바로 딸이 일곱 살 때 그려 준 그림이야. 엄마 말, 아빠 말, 언니 말, 동생 말, 말 가족이 숲속을 거니는 그림으로, 일곱 살 어린아이의 그림치고 얼마나 세밀하게 묘사해 놓았는지……. 바람에 흩날리는 말갈기며 각각의 가족 특성까지, 그 섬세한 표현을 보고 있노라면 지금도 여전히 처음 그림을 보았을 때의 감동이 떠올라 저절로 입가에 미소가 지어진단다.

선생님은 이 그림을 볼 때마다 새삼 작은 것의 소중함을 절감하곤 해. 사람을 감동시키는 것은 꼭 대단한 일만이 아니라 이렇게 작은 일일 수도 있다고 말이지. 어린아이가 그린 어설픈 그림이지만, 누군가 선생님에게 와서 '모나리자' 그림을 줄 테니 그 그림과 바꾸자고 해도 내놓고 싶지 않은 귀한 보물이야.

사실 우리들은 작은 일을 대수롭지 않게 여기는 경향이 있어. 그러나 선생님의 경우처럼 작은 일로도 엄청난 감동을 받을 수 있으며, 작은 일이 큰 차이를 야기할 수도 있단다. 더군다나 작은 일조차 정성을 들이지 않고 최선을 다하지 않는 사람이 하물며 큰일을 잘할 수 있을까? 회의적인 생각이 드는 건 선생님만이 아닐 거야. 위인전을 보면 위인들은 알에서 태어나거나, 태어날 때 별이 무수히 떨어지는 등 보통 사람과 뚜렷한 차이를 보이지만, 사실 위대한 사람과 보통 사람은 별반 다르지 않단다. 다만 작은 차이가 있을 뿐이야.

우리나라 역사에서 가장 위대한 왕이라고 하면 대부분 세종대왕을 떠올리듯이 중국에서는 요임금과 순임금을 꼽는단다. 요임금과 순임금은 중국의 태평성대를 이룬 성군으로서 칭송받는 분들이야. 맹자는 그중 순임금과 일반인의 차이에 대해 『맹자』에서 다음과 같이 말하고 있어.

"순임금이 깊은 산 속에서 살 때 나무나 돌과 함께 살며 사슴과 멧돼지와 함께 놀았는데, 산 속에 사는 일반 사람들과 다른 점이 거의 없었다. 그러나 한 마디의 선한 말을 듣거나 하나의 선한 행위를 보면 곧 그것을 실천했는데, 마치 강물이 막혔다가 터지는 것처럼 기세가 대단해서 그 무엇

도 막을 수가 없었다." -『맹자』진심(盡心) 上

맹자의 말에 따르면, 순임금과 같은 위대한 왕도 일반 사람과 별반 다르지 않았어. 다만 작은 차이가 있었으니, 그것은 바로 순임금은 다른 사람의 선한 말과 행동을 따라 하고자 노력했다는 거야. 이런 작은 차이가 순임금을 그토록 위대한 왕으로 만들었다고 생각해.

혹시 〈역린〉이라는 영화를 본 적 있니? 이 영화는 정조 임금이 즉위한 후 왕의 암살을 둘러싸고 벌어지는 24시간 동안의 숨 막히는 이야기를 그린 작품이야. 살아야 하는 자, 죽여야 하는 자, 살려야 하는 자들의 이야기가 박진감 있게 펼쳐지는데, 너희도 언제 시간 나면 한번 보려무나.

선생님이 이 영화 이야기를 꺼낸 것은 영화 속에 선생님이 좋아하는 『중용』구절이 나왔기 때문이야.

"작은 일에도 최선을 다하면 정성스럽게 된다. 정성스럽게 되면 겉에 배어 나오고, 겉에 배어 나오면 겉으로 드러나고, 겉으로 드러나면 이내 밝아지고, 밝아지면 남을 감동시키고, 남을 감동시키면 이내 변하게 되고, 변하면 생육된다. 그러니 오직 세상에서 지극히 정성을 다하는 사람만이 나와 세상을 변하게 할 수 있는 것이다." -『중용』제23장(第二十三章)

평소 좋아하던 구절이 영화에 나오니 더욱 그 매력에 빠져들게 되더구나. 이 구절의 의미를 요약하면 작은 일에 최선을 다하는 사람만이 나와 세상을 변하게 할 수 있다는 거야. 세상을 변화시키는 일은 큰일이 아니라 작은 일에서 시작된다는 거지. 그런데 우리는 항상 반대로 생각하고 행동하기가 쉬워.

작은 일에 최선을 다하면 남에게 감동을 줄 수 있단다. 이뿐만 아니라 뜻하지 않은 행운이 찾아오기도 해. 미국 최초의 근대 자본가이자 '강철왕'이란 별명을 가진 앤드류 카네기의 이야기를 소개하고자 해.

장대비가 퍼붓는 어느 날, 미국 필라델피아의 한 가구점 앞에서 할머니 한 분이 왔다 갔다 하고 있었다. 가구점 주인이 할머니에게 물었다.

"할머니, 가구를 사러 오셨습니까?"

그러자 할머니는 이렇게 대답하는 것이었다.

"아닙니다. 비가 와서 밖으로 나갈 수도 없고, 내 운전기사가 차를 가지고 올 때까지 시간을 보내기 위해서 이리저리 둘러보고 있는 중입니다."

가구점 주인은 부드럽게 웃으며 말했다.

"그러시군요. 그럼 운전기사가 올 때까지 안으로 들어와 계십시오. 편안한 안락의자도 있습니다."

가구점 주인은 매상과 아무 관계도 없는 노인에게 따뜻한 대접을 해주었다. 그리고 며칠 후에 가구점 주인에게 한 통의 편지가 배달되었다.

작고 하찮은 일은 없어.
작은 일에 정성을 다하고 최선을 다하다 보면
그 일이 나중에 너희의 삶에
어떤 선물을 가져다줄지 아무도 모르는 거란다.
작은 일들이 쌓여
너희의 미래가 만들어져 가는 것임을 꼭 기억하렴.

강철왕 카네기로부터 온 편지로, 카네기의 회사에서 수만 달러 상당의 가구를 구입하려고 하는데, 카네기의 어머니가 그 가구점을 추천했다는 내용이었다. 알고 보니 비 내리는 날 가구점 주인이 환대해 준 그 할머니가 바로 카네기의 어머니였다.

평범한 가구점 주인에 불과하던 그를 하루아침에 부자로 만든 것은 다름 아닌 작은 친절이었어. 작은 일에 정성을 다하고 최선을 다하다 보면 그 일이 나중에 너희의 삶에 어떤 선물을 가져다줄지 아무도 모르는 거야.

'나비 효과'라는 말을 들어봤니? 나비 효과란 나비의 날갯짓처럼 아주 작은 요인이 폭풍우와 같은 커다란 변화를 유발시킬 수 있다는 이론이야. 이는 1990년대 중반 물리학 교수들에 의해 입증되기도 했어. 아주 작은 일이 나중에 엄청난 결과를 몰고 올 수 있다는 걸 과학적으로도 입증한 거지.

그러니 얘들아, 지금 너희에게 주어진 작은 일에 정성과 최선을 다하렴. 그것이 나중에 너희의 미래를 바꿔 놓을 수도 있단다. 반대로 작은 일이라고 가볍게 여기고 대충 임한다면 부정적인 결과를 낳을 수도 있겠지.

숙제를 성실히 하는 일, 어른에게 인사를 잘하는 일, 다른 사람을 도와주는 일 등은 아주 소소하고 작은 일들이야. 하지만 이런 행동이 나중에 어떤 결과를 불러올지 아무도 알 수 없단다. 분명한 것은 이런 기분 좋은 날갯짓이 너희의 미래에 따뜻한 폭풍우를 불러올 수 있다는 사실이야.

너희는 오늘 어떤 날갯짓을 했니? 작고 하찮은 일은 없단다. 그런 작은 일들이 쌓여 미래가 만들어져 가는 것임을 꼭 기억하렴.

참지 않고
이룰 수 있는 것은 없다

사랑하는 애들아!

시대가 변하면서 그 가치나 생각 역시 바뀌게 마련이야. 과거에 비해 여성의 인권이 바로잡히고 학벌의 중요성이 점점 낮아지는 것은 바람직한 변화라고 할 수 있어. 하지만 이에 반해 배려심이나 인내심과 같이 과거에는 아주 중하게 여겨졌던 가치들이 왜곡되고 있기도 해. 그렇다고 시대적 상황을 무시하고 공자 가라사대를 외쳐야 한다는 것은 아니야. 다만 이렇게 외면당하고 있는 가치들 중에 너희의 삶을 지켜 주고 성장시키는 귀중한 가치들도 상당히 많다는 것이 문제란다. 그중 가장 대표적인 가치가 바로 '참을성'이야.

오늘날에는 "세 번 참으면 호구된다."라는 우스갯소리가 공감을 얻고 있지만, 참을성은 너희를 지켜 주고 성장시키는 대단히 중요한 덕목이란다. 그 유명한 '마시멜로 실험'을 알고 있니? 1968년 스탠퍼드 대학의 미첼 교수가 유치원생들을 대상으로 한 실험이야. 유치원생들에게 마시멜로를 주면서 15분을 참고 기다리면 하나를 더 주겠다는 약속을 한 뒤 유치원생들의 행동을 관찰한 실험이지. 어떤 아이는 말이 떨어지기 무섭게 먹어 치워 버렸지만, 어떤 아이는 15분을 끝까지 참아 내어 마시멜로를 한 개 더 받는 모습을 보였어. 이후 이 실험에 참여한 아이들을 30년 동안 추적 조사를 했는데, 놀랍게도 15분을 참아 낸 아이들은 좋은 대학, 좋은 직장에 들어갔을 뿐 아니라 결혼 생활도 행복하게 하더라는 결과가 나왔어. 반대로 참지 못하고 먹은 아이들은 저조한 대학 진학률을 보였고 실업자가 많으며 이혼율 역시 현저히 높다는 사실이 밝혀졌지.

참을성이 불러일으킨 차이가 정말 엄청나지 않니? 2500년 전 공자 역시 참을성의 중요성에 대해 이렇게 말했단다.

공자의 제자인 자장이 길을 떠나면서 스승인 공자께 하직 인사를 올리며 삶의 지침이 될 한마디를 청했다. 그러자 공자가 "모든 행실의 근본으로는 참는 것이 제일 중요하다."라고 답했다.

그러자 자장이 "참는다는 것은 무엇입니까?"라고 여쭈었다.

공자께서 이렇게 답해 주었다.

"천자가 참으면 나라에 해가 없을 것이다. 제후가 참으면 나라가 커질 것이다. 관리가 참으면 그 지위가 높아질 것이다. 형제가 서로 참으면 그 집안이 부귀해질 것이다. 부부가 서로 참으면 일생을 해로하게 될 것이다. 친구가 서로 참으면 명예가 허물어지지 않을 것이다. 자신이 참으면 화가 이르지 않을 것이다."

자장이 이번에는 "참지 않으면 어떻게 됩니까?"라고 여쭈었다.

공자께서 이렇게 답하셨다.

"천자가 참지 않으면 나라가 황폐해질 것이다. 제후가 참지 않으면 그 몸마저 잃게 될 것이다. 관리가 참지 않으면 법 앞에 죽음을 당하게 될 것이다. 형제가 서로 참지 않으면 갈라져 따로 살게 될 것이다. 부부가 서로 참지 않으면 자식들은 부모 없는 고아가 될 것이다. 친구가 서로 참지 않으면 서로 간에 우정이 사라지게 될 것이다. 자신이 참지 않으면 걱정 근심이 없어지시 않을 것이다."

자장이 감탄하며 말하였다.

"이 얼마나 좋은 말씀인가! 참는다는 것은 참으로 어렵구나. 참으로 어렵구나. 사람이 아니면 참지 못하고, 참지 않으면 사람이 아니로구나."

-『명심보감』계성(戒性)

"사람이 아니면 참지 못하고, 참지 않으면 사람이 아니로구나."라는 마지막 구절이 유난히 크게 다가오는 이유가 무엇일까. 공자는 참는 것을 모든 행실의 근본이라고 보았어. 세 번 참으면 호구라는 인식이 강한

이 시대에는 공감 받기 힘든 말이겠지. 시대가 그것을 강요한다고 해서 그것이 옳은 가치인 건 아니야. 옳고 그름을 스스로 따질 수 있는 지혜를 가져야 해.

분명한 사실은 참지 않고 이룰 수 있는 것은 없다는 거야. 공부가 힘들어 포기하면 어떻게 될까? 친구한테 화가 났을 때 이를 참지 못하고 매번 표현하면 어떻게 될까? 굳이 설명하지 않아도 그 결과를 떠올릴 수 있을 거야. 당장 공부를 하지 않으면 편할 수는 있겠지만 그 결과를 책임져야 하는 것은 자기 자신이며, 친구에게 화를 내면 너의 감정은 풀리겠지만 친구와의 사이는 나빠질 수도 있어. 이렇듯 참는 행동은 너희를 지켜 주는 일이기도 하단다.

사실 참는다는 것은 대단히 힘든 일이야. 앞에서 소개한 '마시멜로 실험'에서 15분을 참아낸 아이들의 비율은 고작 10퍼센트 남짓에 불과했단다. 아직 어린아이들이라서 그런 결과가 나왔다고 생각할 수도 있겠지만, 너희들이라면, 어른들이라면 결과가 달라졌을까? 그럴 것 같지 않구나.

참을성은 많은 훈련을 통해 가질 수 있는 힘이란다. 나이를 먹는다는 것은 참을성을 배우는 과정이라고 해도 과언이 아니야. 보통 어린아이들일수록 참을성이 부족하고 나이를 먹을수록 참을성이 많아지잖니. 이것은 끊임없는 훈련의 결과이지, 나이를 먹으면 자연스럽게 가지게 되는 능력은 아니야. 오히려 작은 일도 참지 못하고 불같이 화를 내는 어른들도 많단다.

그렇다고 아픈데도 말하지 않는 등 매사에 지나칠 정도로 참으라는 의미는 아니야. 여기서 말하는 참을성이란 미래를 위해 현재의 행위를 지속할 수 있는 힘, 불편하고 싫은 것을 견딜 수 있는 힘을 의미해.

참다 보면 때로는 바보 취급을 당하거나 손해를 감수해야만 하는 일도 생길 거야. 하지만 자랄수록 이로 인해 얻을 수 있는 장점이 단점보다 많아지고, 그러한 장점들이 쌓여 결국 너희를 성장시키고 지켜 줄 거야.

어리석은 사람도
남을 비판할 때는 똑똑하다

사랑하는 얘들아!

선생님은 『성경』에서 많은 도움을 받아 항상 곁에 두고 읽고 있어. 『성경』에는 무수히 많은 내용이 담겨 있는데, 유독 읽을 때마다 마음이 불편해지는 구절이 있단다.

"심판 날에 사람은 자기가 함부로 내뱉은 모든 말에 대해 해명해야 할 것이다. 네가 한 말로 의롭다는 판정을 받기도 하고, 네가 한 말로 죄가 있다는 판정을 받기도 할 것이다." -『성경』

이 구절은 읽을 때마다 외면하고 싶은 마음이 들 정도로 뜨끔하단다.

너희를 가르치는 선생님으로서 항상 좋은 말만 하고 싶지만, 생각처럼 실천하지 못하고 있어서일 거야. 훈계를 빙자한 가시 돋친 비난을 할 때도 있어. 이런 날이면 하루 종일 후회와 반성으로 마음이 무거워.

선생님도 비록 부족하여 매일 노력하고 있지만, 사람과의 관계에서 가장 중요한 것은 상대의 허물을 들추어 비난하지 않는 거라고 생각해. 사람은 흔히 자신의 비난을 비판하는 것이라 착각하는 경우가 많아. 비난인 줄도 모르고 상대방을 비판하면서 자신이 굉장히 똑똑하다고 생각하는 거지. 하지만 대부분의 비판은 실상 상대방을 헐뜯고 깎아내리는 비난에 그치는 경우가 훨씬 많단다.

> "지극히 어리석은 사람도 남을 비난하는 데는 똑똑하다."─『명심보감』
> 존심(存心)

위의 구절을 곱씹어 보면서 너희의 행동을 반성해 보려무나. 상대의 허물을 들추고 비난하기 좋아하는 사람 곁에는 사람이 모이지 않는 법이란다. 『카네기 인간관계론』은 관계의 처세술을 소개하여 지금까지 6천만 권이 팔린 책이야. 이 책의 저자인 데일 카네기는 인간관계의 세 가지 기본 원칙을 이렇게 소개하고 있어.

1. 꿀을 얻으려면 벌통을 걷어차지 마라.

2. 칭찬은 무쇠도 녹인다.

3. 상대방의 입장에서 사물을 보라.

'꿀을 얻으려면 벌통을 걷어차지 마라'는 원칙은 '비난하지 마라'는 말이야. 벌에게서 꿀을 얻으려고 하는 사람이 벌통을 걷어찬다면 어떻게 되겠니? 꿀을 얻기는커녕 벌들의 집중 공격을 받아 매우 곤란한 지경에 이르게 되겠지.

카네기가 제시한 원칙은 비난하지 마라, 상대를 칭찬하라, 상대의 입장에 공감할 수 있어야 한다는 것이지만, 이를 위해서는 기본적으로 상대의 허물이나 단점보다 좋은 점과 장점을 먼저 살필 수 있는 사람이 되어야 해. 아주 작은 장점도 발견하고 진심으로 칭찬해 주는 사람을 싫어할 사람은 없을 거야. 그런데 이상하게도 남의 단점은 너무나도 잘 보인단다.

사실 비난하는 마음속에는 남을 비난함으로써 자신을 내세우고 싶은 마음이 담겨 있어. 너희 역시 그런 경험이 있을 거야. 그런데 상대를 낮춤으로써 나를 높이려고 할수록 오히려 나 자신이 더 초라해지는 경험을 한 적은 없니? 사실 이런 행동은 오히려 나를 더 깎아내리는 일이란다.

나를 드러내고 싶다면 당연한 말이겠지만, 나의 실력을 먼저 키워야 해. 복숭아 나무나 자두 나무는 스스로 나를 보러 오라고 말하지 않아. 하지만 아무리 사람의 발길이 닿지 않는 깊은 계곡에 있을지라도 그 꽃의 아름다움과 열매의 달콤함에 취해 사람들이 헤치고 찾아와 나무 아래 작은 길이 생긴다고 해. 그런 사람이 될 수 있다면 상대를 깎아내림으로써 나를 드러내려 하지 않아도 저절로 사람들이 너희 곁에 모일 거야.

때로 너희와 이야기를 나누다 보면, "전 이렇게까지 해줬는데, 그 애는 절 이렇게 대했어요."와 같은 친구에 대한 하소연을 듣곤 한단다.

> "다른 사람을 사랑하는데도 그가 나를 친하게 여기지 않을 경우는 자신의 사랑하는 마음을 반성해 보고, 다른 사람을 다스리는데도 다스려지지 않을 경우는 자신의 지혜를 반성해 보고, 다른 사람에게 예를 갖추어 대하는데도 그것에 상응하는 답례가 없을 경우는 자신의 공경하는 마음을 반성해 보아야 한다. 어떤 일을 하고서 바라는 결과를 얻지 못하면 모두 돌이켜 자신에게서 그 원인을 찾아야 한다. 자신의 한 몸이 바르면 천하 사람들이 다 그에게로 돌아온다." -『맹자』이루(離婁) 上

이 구절을 읽고 무슨 생각이 들었니? 상대에 대해 불만을 품거나 비난을 하기 전에 너희의 행동을 객관적으로 먼저 살펴보는 지혜를 가지렴. 그러기 위해서는 '너 때문에'란 생각을 먼저 버릴 수 있어야 한단다.

습관이
곧 너희의 모습이다

　사랑하는 얘들아!

　오늘 하루 너희의 행동을 돌아보렴. 어제와 비교하여 다른 점이 있었니? 어제와 겪은 일들은 다르겠지만, 너희의 행동은 오늘이라고 어제와 크게 다르지 않았을 거야.

　아침에 일어날 때 어떻게 일어났니? 오늘도 어제처럼 엄마가 깨우는 소리에 일어났니? 씻고 밥 먹고, 어제와 다른 점은 없었니? 등굣길은 어땠니? 어제하고 같은 길, 같은 시간이었니? 학교에서 수업 시간의 너희의 모습은 어땠니? 점심시간에는 어땠니?

　아마 수업 내용, 친구들과 나눈 대화처럼 소소한 것들은 달라졌겠지만, 너희의 행동은 거의 비슷했을 거야. 사람의 행동은 대부분 습관적으로 이루어지기 때문이지. 어떤 심리학자들은 사람의 행동 가운데 90퍼센트 이상이 습관적으로 이루어진다고 말하더구나.

선생님의 삶을 돌이켜보면 이 말이 사실일 수도 있겠다는 생각이 들어. 선생님의 하루를 돌이켜보면 매일 똑같은 시간에 일어나서 똑같은 행동 순서에 따라 출근 준비를 하거든. 그리고 매일 비슷한 시간에 들어오는 지하철을 타고 출근을 하지. 어느 날 출근길 옆자리에 앉은 사람들이 어제와 똑같아서 화들짝 놀란 일도 있었단다. 학교에서도 매일 똑같은 일상의 반복이야. 교실에 들어가서 컴퓨터를 켜고, 그날 시간표를 훑어보고 아이들을 마주해. 만일 누군가 선생님의 하루를 살펴본다면 어떤 사람인지를 금세 알 수 있을 거야.

이처럼 습관화된 하루를 반복하며 살아갈 테니 우리가 80세까지 산다고 해도 그 시간을 충분히 누리며 살 수는 없을 거야. 그런데 이렇게 생각해 보면 어떤 습관을 갖고 있느냐가 삶에 엄청난 영향을 미친다는 걸 알 수 있어. 즉 습관을 바꾸면 내 인생이 달라지는 거지. 왜냐하면 습관이 곧 나이자 나의 삶의 방식이기 때문이야. 누군가 "당신은 누구입니까?"라고 묻는다면 너희는 뭐라고 대답할 거니? 선생님은 "내 습관이 접니다."라고 답할 거야. 내 습관들을 모아 놓으면 그것이 하루가 될 것이고, 하루하루를 모아 놓으면 내 인생이 될 테니까. 즉 좋은 습관을 가지고 있는 사람은 남들보다 좀 더 나은 삶을 누릴 수 있을 거야.

공부 잘하는 아이들은 왜 공부를 잘하는 걸까? 궁금하지 않니? 그 아이들을 자세히 관찰해 보면 공부 잘하는 습관을 가지고 있음을 알 수 있어. 수업 시간에 집중하는 습관, 수업이 끝나면 1, 2분 정도 시간을 투자하여 복습하는 습관, 궁금한 것은 꼭 묻고 넘어가는 습관 등 저마다 다르지만, 공부에 도움이 되는 습관을 가지고 있단다. 어른들이 공부 잘하는 아이를 따라 하라고 하는 것도 가장 쉽게 공부 습관을 체득하는 길이기 때문이지.

인기가 많은 아이들 역시 저마다 친구들이 좋아할 수밖에 없는 습관을 가지고 있어. "너는 어떻게 생각해?" 하고 항상 상대방의 의견을 묻거나 "너는 이런 걸 참 잘하는 것 같아." 하고 상대의 좋은 점을 발견하고 칭찬해 주는 습관을 갖고 있지.

그만큼 습관이 미치는 영향은 매우 커. 습관이란 하루에 그치는 행동이 아닌 평생에 걸쳐 이루어지는 행동이기 때문이야. 그러니 좋은 습관을 가지는 것이 얼마나 중요한지 알 수 있겠지? 매일 책을 읽는 습관, 아침마다 일어나 운동하는 습관 등등 좋은 습관은 참 많단다. 그중에서도 너희에게 습관에 대해 하고 싶은 말은 두 가지란다.

먼저 긍정적으로 사고하는 습관을 들이렴. 습관이라고 하면 말이나 행동 같은 것을 먼저 떠올리기 쉬워. 하지만 우리가 습관적으로 하는 행동과 말은 사실 생각의 결과물이야. 생각하는 습관이 매우 긍정적인 사람이 있는가 하면, 생각하는 습관이 매우 부정적인 사람이 있지. 똑같은 것을 보면서도 긍정적인 사람은 장점만을 찾아내고, 부정적인 사람은 단점만을 찾아내. 그러다 보니 긍정적인 사람은 어떤 일이 닥쳐도 즐겁고 적극적으로 임하는 반면, 부정적인 사람은 작은 일에도 불평과 불만을 쏟아내며 신세 한탄을 하기에 바빠. 당연히 긍정적인 사람은 부딪히는 일마다 자신에게 이로운 약이 되지만, 부정적인 사람은 부딪히는 일마다 흉기가 되곤 해.

"생각이 말이 되고, 말이 행동이 되고, 행동이 습관이 되고, 습관이 인생이 된다."라는 말을 항상 가슴에 품고 살려무나. 습관 중에 가장 좋은 습관은 긍정적으로 사고하는 습관이란다. 긍정적으로 사고하는 습관을 가질 수만 있다면, 수많은 좋은 습관이 보너스처럼 따라올 거야.

그런데 좋은 습관을 가지는 것도 중요하지만, 더욱 중요한 것은 나쁜 습관을 당장 끊어 버리는 거야. 나쁜 습관은 노력하지 않아도 저절로 몸에 익어 자신도 모르게 하고 있게 되거든. 나중에 이를 고쳐 보려고 해도 조금만 의지가 약해져도 다시 그 행동을 하고 있는 자신을 발견하게 돼. 문제는 처음에는 개선의 의지가 강하지만, 시간이 지날수록 점점 약해진다는 거야. 오히려 나쁜 습관을 즐기기까지 하지. 이처럼 한번 붙은 나쁜 습관은 개선이 어렵기 때문에 끊고자 한다면 단칼에 고치려고 노력해야 해. 『맹자』에 보면 재미있는 구절이 나온단다.

"날마다 이웃집의 닭을 훔치는 사람이 있었는데, 어떤 사람이 그 자에게 '이런 짓은 군자의 도리가 아니다'라고 일러 주자, 그 사람은 '훔치는 숫

자를 줄여 한 달에 한 마리씩만 훔치다가 내년까지 기다린 후에 그만두겠다'고 했다고 하오. 옳지 못하다는 것을 안다면 빨리 그만두어야지 어째서 내년까지 기다린단 말이오?" -『맹자』등문공(藤文公) 下

지금 당장 너희가 고치고 싶은 나쁜 습관은 무엇이니? 해야 할 일을 매일 뒤로 미루는 습관, 컴퓨터 게임을 하루에 몇 시간씩 하는 습관, SNS의 댓글을 수시로 확인하는 습관 등등 많을 거야. 그리고 너희가 그 습관들이 나쁘다고 생각한 이유도 있겠지. 아마 이로 인해 피해를 이미 겪었거나 앞으로 피해를 입을 수 있음을 알기 때문일 거야. 이런 습관이 있다면 지금 당장이라도 그만둬야 해. 딱 40일 정도만 참고 견뎌 보렴. 나쁜 습관이 너희로부터 떨어져 나가는 것을 발견하게 될 거란다.

최선을 다했다면
기다려야 한다

사랑하는 애들아!

우리 속담 중에 "하늘은 스스로 돕는 자를 돕는다."는 말을 잘 알고 있을 거야. 이 속담과 비슷한 의미의 한자성어로 '진인사대천명盡人事待天命'이란 말이 있단다. '사람으로서 최선을 다한 뒤에, 하늘의 뜻을 기다린다'는 뜻으로 해석할 수 있어. 어떤 일을 할 때 최선을 다하라는 의미로, 『삼국지』의 '수인사대천명修人事待天命'이라는 말에서 유래되었단다.

중국 삼국시대에 위나라 조조는 오나라 손권과 촉나라 유비의 연합군과 적벽이라는 곳에서 맞붙지만 크게 패하지. 그게 바로 앞에서도 소개한 그 유명한 적벽대전이야. 적벽대전에서 크게 패한 조조는 화용도라는 곳에 포위되었어. 이때 제갈량은 조조를 죽이도록 관우에게 명령을 내려. 하지만 관우는 10년 전에 자신이 조조의 포로가 되었을 때, 살려준 은혜를 생각해서 조조를 살려 주지. 이 사실을 안 제갈량은 관우를 참수해야 한다며 격분했으나, 유비의 간청에 따라 관우의 목숨을 살려 준단다. 이때 제갈량이 유비에게 다음과 같은 말을 해.

"내가 사람으로서 할 수 있는 방법을 모두 쓴다 할지라도 목숨은 하늘의 뜻에 달렸으니, 하늘의 명을 기다릴 뿐이다修人事待天命."

다시 말해 제갈량은 조조를 죽이려 최선을 다했으나, 조조의 목숨이 하늘에 달려 있기 때문에 하늘이 허락할 때까지 겸허히 기다리겠다는 뜻이란다. 제갈량의 지혜와 도량을 알 수 있는 말이라는 생각이 들지 않니?

수인사대천명修人事待天命과 진인사대천명盡人事待天命은 한 글자 차이지만, 시사하는 바가 매우 커. 갈고 닦는다는 의미의 '수修'가 끝까지 최선을 다한다는 의미의 '진盡'으로 바뀌면서 사람의 노력을 한층 더 강조했다고 할 수 있거든.

선생님이 왜 갑자기 '진인사대천명'을 운운하는지 의아하지? 진인사대천명은 너희의 좌우명으로 삼아도 좋을 만한 구절이기 때문이야.

사람이 세상에 나와 뜻을 펼치고 성공하기 위해서는 어떻게 해야 할까? 진인사대천명이라는 글귀 속에 그 모든 것이 담겨 있다고 해도 과언은 아닐 듯 싶어.

사람이 자신의 뜻을 펼치기 위해서는 반드시 두 가지가 필요해. 바로 능력能과 때時란다.

먼저 능력을 갖춰야 해. 능력을 갖추는 것은 철저히 사람의 영역이며, 사람의 책임에 속하는 부분이지. 자신의 뜻을 펼치는 데 부족함이 전혀 없는 능력과 실력을 갖추도록 노력해야 한단다. 이를 위해서라면 기꺼이 피와 땀과 눈물을 흘려야겠지. 그렇지 않고 최선을 다했다고 말할 수는 없을 거야.

혹시 '불광불급不狂不及'이라는 말을 아니? 우리말로 옮기면 '미치지狂 않으면 미치지及 못한다'는 정도로 해석할 수 있지. 지금부터라도 가치 있는 것에 한번 미쳐 보렴. 미치도록 노력해 남들이 범접할 수 없는 탁월한 실력과 능력을 갖추는 거야.

미치도록 노력했다면 너희는 반드시 월등한 실력과 능력을 갖춘 사람이 될 수 있을 거야. 하지만 여기서 끝나는 것이 아니란다. 능력을 갖춘 뒤에는 때를 기다려야 해. 이와 관련하여 『맹자』에 다음과 같은 말이 나온다.

"출중한 지혜를 갖는 것보다 유리한 기회를 잡는 것이 낫고, 좋은 농기구를 갖는 것보다 적절한 농사철을 기다리는 것이 낫다." -『맹자』공손추 (公孫丑) 上

제아무리 능력이 뛰어난 농부가 최첨단 농기구를 가지고 설친다 하더라도 제때에 파종하고 김을 매는 농부를 당할 수는 없는 법이란다. 실력을 갖춘 다음에는 사람이 할 수 있는 일은 하늘이 자신의 때를 열어 주기를 기다리는 거야.

자신의 운명을 하늘에 맡기는 것은 무책임한 행동이 아니냐고 말하는 사람도 있을지 모르겠구나. 하지만 최선을 다하고 난 뒤 사람이 할 수 있는 일이란 더 이상 없을 때가 있어. 이때 할 수 있는 일은 그저 하늘의 뜻天命을 기다리는 것뿐이지. 이는 결코 무책임한 행동이 아니라 최선을 다하는 자만이 가질 수 있는 지극한 겸손이란다.

걱정하지 않아도 돼. 하늘은 스스로 돕는 자를 돕는다 했단다. 최선을 다한다면 하늘은 너희 인생의 길을 활짝 열어 주고 도와줄 것이니 말이다.

지금 내가 알고 있는 걸
그때도 알았더라면

지금 알고 있는 걸 그때도 알았더라면

내 가슴이 말하는 것에

더 자주 귀 기울였으리라.

더 즐겁게 살고, 덜 고민했으리라.

금방 학교를 졸업하고 머지않아

직업을 가져야 한다는 걸 깨달았으리라.

아니, 그런 것들은 잊어 버렸으리라.

다른 사람들이 나에 대해 말하는 것에는

신경 쓰지 않았으리라.

그 대신 내가 가진 생명력과 단단한 피부를
더 가치 있게 여겼으리라.

더 많이 놀고, 덜 초조해했으리라.
진정한 아름다움은 자신의 인생을
사랑하는 데 있음을 기억했으리라.
부모가 날 얼마나 사랑하는가를 알고
또한 그들이 내게 최선을 다하고 있음을 믿었으리라.

사랑에 더 열중하고
그 결말에 대해선 덜 걱정했으리라.(…중략…)

지금 내가 알고 있는 걸 그때도 알았더라면…….

　　　　　－류시화〈지금 알고 있는 걸 그때도 알았더라면〉

　사랑하는 애들아! 이 시는 선생님이 좋아하는 류시화 시인의〈지금 알
고 있는 걸 그때도 알았더라면〉이라는 시란다. 사람은 누구나 이런 후회
를 하며 살아가는 게 아닐까? 하지만 앞서 살아간 사람들에게 그들이 깨
달은 지혜를 미리 배울 수 있다면, 너희는 이런 후회 어린 고백을 덜하
며 살 수 있지 않을까? 그래서 이렇게도 장황하게 편지를 썼는지도 모르

겠다. 이 지혜들을 길잡이 삼아 너희의 미래를 그려 보렴. 무엇을 꿈꾸든 그곳으로 안내해 줄 거란다.

마지막으로 이 책을 집필할 수 있는 기회와 지혜를 주신 하나님께 모든 영광을 돌립니다. 이 책을 읽는 모든 인생에 대한 아름다운 계획을 이루어 가실 하나님을 찬양합니다.

10대, 너의 미래를 응원할게

지은이 송재환　　**그린이** 손민정

펴낸이 김종길　　**펴낸곳** 글담출판

책임편집 이경숙

편집 임현주 · 이경숙 · 이은지 · 홍다휘 · 안아람 ㅣ **디자인** 정현주 · 박경은

마케팅 박용철 · 임형준　**홍보** 윤수연 ㅣ **관리** 김유리

출판등록 1998년 12월 30일 제2013-000314호

주소 (121-840) 서울시 마포구 양화로 12길 8-6(서교동) 대륭빌딩 4층

전화 (02)998-7030 ㅣ **팩스** (02)998-7924

페이스북 www.facebook.com/geuldam4u

블로그 http://blog.naver.com/geuldam4u

이메일 bookmaster@geuldam.com

초판 1쇄 인쇄 2015년 6월 22일　　**초판 2쇄 발행** 2015년 10월 25일

ISBN 978-89-92814-64-5 43800

책값은 표지에 있습니다.
잘못된 책은 바꾸어 드립니다.

이 도서의 국립중앙도서관 출판시도서목록(CIP)은 e-CIP홈페이지(http://www.nl.go.kr/ecip)와
국가자료공동목록시스템(http://www.nl.go.kr/kolisnet)에서 이용하실 수 있습니다. (CIP 제어번호 : 2015015953)

이 책은 저작권자와의 계약에 따라 발행한 것이므로
이 책 내용을 사용하려면 반드시 글담출판사의 동의를 받아야 합니다.

★★ **글담출판**에서는 참신한 발상, 따뜻한 시선을 가진 기획 아이디어와 원고를 기다리고 있습니다. 작품 혹은 기획안을
이메일로 보내주시면 출간 가능성이 있는 작품은 개별 연락을 드립니다.